Memorias de Otras Vidas

F.A.H

Memorias de Otras Vidas

Primera Edicion : Mayo 2022

Derechos de autor © **F. Adorno. H. Publishing, 2022**

Escrito por F.A.H

Editado por Judith Torres & Luz Ruíz, PhD

Ilustraciones Alland Adorno & Ethan Adorno

ISBN Paperback-978-1-7370337-3-8

ISBN E-book-978-17370337-4-5

En la portada desde izquierda a derecha: Marina Ramos (izquierda abajo), Antonia Ramos (izquierda arriba) Pedro Adorno (centro) Teresa Ballestier (derecha arriba) Felix Adorno (derecha abajo)

Contenido

Dedicatoria

"Por mis maestros de las escuelas públicas de Puerto Rico, pues su dedicación me ofreció las herramientas que me ayudaron a forjar este camino de la vida que me abrió puertas que habían estado cerradas para mis padres y abuelos."

"El maestro deja una huella para la eternidad; nunca puedes saber cuándo se detiene su influencia"

Henry Adams

"Por mi esposa Marina y mis hijos Eric, Alland & Ethan que tienen que soportar las loqueras que me invento..."

A Manera de Prologo

E STIMADO lector, antes que nada, deseo darte las gracias por apoyarme con la compra de este mi segundo libro: **Memorias De Otras Vidas**. Espero que las historias que vas a encontrar en el sean de tu agrado y que te provean momentos de verdadero entretenimiento. El libro está dividido en dos partes, una es de relatos y la otra es de mitos.

Parte I, **RELATOS,** encontrarás historias de la vida cotidiana que podrían haber sucedido en el pasado o alguna que otra contemporánea. Los temas en estos relatos son variados, ya que me gusta abordar tópicos diferentes que me inquietan o que me influenciaron en mi juventud. Si tuviste la oportunidad de observar la portada, sé que has visto los rostros de algunas personas que formaron parte integral en mi vida. Ellos no fueron famosos y solo los que tuvimos el placer de compartir sus tiempos sabemos cómo lo sabes tú que las personas más importantes en tu vida son las personas que te enseñaron a ser lo que eres. En mis relatos trato de hacerle honores a las vidas de mis viejos y espero que como lector aprecies la forma en que lo hago

Parte II, **MITOS,** es muy personal para mí, pues se trata de historias de relatos místicos que me contó mi abuelo papá Pello (1911-2005) cuando yo era niño. Esas historias eran para mí como una ventana al pasado donde yo me entretenía más que mirando cualquier programa de televisión. Debo enfatizar que estos mitos, no son de mi propia invención y que son solo relatos de las supersticiones de una generación de personas que ya se han ido a su descanso eterno y a las cuales quiero honrar relatando versiones alteradas de lo que mi abuelo me contó. Algunos de estos mitos están relacionados por un personaje o suceso, aun así, eran relatados de manera individual por mi abuelito y de esa manera hago los cuentos en este libro para tratar de mantener esa parte de mi viejito viva a través de esos mitos.

Una vez más, quiero enfatizar que no pretendo ser Enrique Laguerre o Gabriel García Márquez. Solo quiero ser yo, F.A.H. Espero que eso sea suficiente para que te entretengas y disfrutes de este mi segundo libro y las Memorias De Otras Vidas.

Relatos

La vida me regaló esta gente buena de las que estoy eternamente agradecido. Gracias por mami y papi. Gracias por Mamá Fortuna, Abuela Teresa, Abuela Toña y por mi adorado Papá Pello.

Cenicienta de Trapos

MARIANA CAMINABA POR EL viejo San Juan recordando su niñez, la cual aún vivía en su memoria en una mezcla de añoranzas y horror. Sentada en un banco y mirando el mar, sus ojos se llenaron de lágrimas al recordar; aquella mañana, cuando su mamá, Doña Rosa, fue a darla de baja de la escuela. Sus compañeros jugaban en el patio, ya que era la hora del recreo. En una esquina las niñas brincaban la cuica;[1] en otra los niños jugaban a los gallitos,[2] mientras otros jugaban a las escondidas o no hacían nada. Mientras, Rosa, una mujer con apariencia pobre, se encontraba frente al escritorio de la directora, la señorita Cotto, explicándole la razón de su visita. Ambas estaban incómodas con el calor que estaba haciendo en la oficina, ya que la esta tenía poca ventilación.

Las dos habían sostenido una conversación cordial en la que los ánimos se habían movido de placenteros a hostiles. Rosa estaba en el proceso de dar

---

1. Cuica: Juego de niños que consiste en saltar por encima de una cuerda.

2. Gallitos: Juego local en que los niños tratan de romper semillas de algarrobo amarradas con un hilo.

de baja a Mariana de la escuela, para que ésta ayudase con los quehaceres de la casa, los cuales incluían lavar, planchar, cocinar y ayudar a criar a sus hermanos menores. Esto permitiría que Rosa pudiera trabajar más horas y usar ese tiempo para ganar más dinero para así poder proveer lo más básico a sus hijos. La mujer era madre soltera y en aquellos momentos no contaba con otra opción que no fuera dar de baja a Mariana de la escuela. Esa era la razón que le había dado Rosa a la Srta. Cotto, y esta era la razón de la incomodidad dentro de la oficina.

La directora había tratado de convencer a aquella madre de no sacar a su hija de la escuela, pero ella sabía que aquello era un esfuerzo inútil que ella había hecho en varias ocasiones con padres pobres que no entendían que para ayudarse a sí mismos, y a algunos de sus hijos, estaban sacrificando la educación y el futuro de uno o dos de estos. Ella tenía los años y la experiencia para discutir los méritos de aquellas acciones que los padres tomaban y por más que trataba de mantener a todos sus estudiantes encaminados, también entendía que el gobierno y las leyes les daban potestad total a los padres. De igual manera razonaba que algunas veces los padres de los estudiantes no tenían las opciones que algunas familias de mejor situación económica poseían, de todos modos, era su instinto tratar de convencerlos de lo que ella entendía eran errores de estos. En la presente situación la Srta. Cotto no lograba entender por qué la madre, le estaba dando de baja a su segunda hija y no a la mayor, pues la costumbre en aquellos lugares era sacar de la escuela al hijo o hija mayor si se necesitaba ayuda en el hogar. Pero en esta ocasión era la segunda hija de Rosa a la cual se le habría de sacrificar su futuro. Luego de una ardua discusión entre las dos mujeres, la madre de la niña pronunció su decisión final.

"Ella es mi hija y yo hago con ella lo que me dé la gana." -dijo Rosa.

"Yo no estoy diciendo lo contrario, solo le pido que recapacite antes de tomar una decisión final." -respondió la directora.

"Ya yo tomé mi decisión, así que mande a buscar a mi muchacha que me la llevo ya."

"Por favor, señora, no haga eso mire que esa niña es bien inteligente."

"Eso no tiene nada que ver."

"¿Cómo que no tiene nada que ver?"

"No tiene que ver, yo necesito ayuda y usted no ve va a ayudar."

La directora pensó en las hijas de la mujer y trató de analizar cuál de las dos tenía menos posibilidades académicas, aun así, ella no habría de abogar por destruir el futuro de la hermana mayor, pues eso también sería algo triste. Después de todo la madre estaba en todo su derecho e insistir un poco más podría resultar en una queja oficial de aquella mujer lo que habría de causarle más disgustos de lo necesario. Así fue como la directora se levantó y le dijo a Manuel, empleado del comedor, que buscara a la Mariana. Manuel se dirigió al batey[3] a buscar a la niña y comenzó a preguntar por la niña hasta que un niño le dijo que ella estaba brincando la cuica con sus compañeras. Manuel caminó hasta acercarse a la niña.

"¿Mariana?" -preguntó Manuel.

"Sí, esa soy yo." -dijo la niña un poco fatigada.

"Ven conmigo que tu mamá te vino a buscar."

"¿Mamá está aquí?"

"Sí, te vino a buscar y te tengo que llevar a tu salón y luego a la oficina."

Al escuchar la palabra "oficina" la niña que estaba sonriendo por la oportunidad de irse a su casa temprano cambió el semblante a uno de preocupación y miró al empleado a la vez que decía:

"Yo no hice na' malo. ¿Por qué tengo que ir a la oficina?"

"Yo no sé por qué, pero me dijeron que te llevara al salón y a la oficina."

"¿Pero, qué yo hice?"

"Yo no sé, a lo mejor no es nada."

"¿Mi mamá me va a pegar?" -pensó Mariana en voz alta.

"Yo no sé, pero tengo que llevarte a la oficina ya."

Mariana comenzó a caminar con Manuel al salón, para recoger su bulto, al

---

3. Batey: Patio

entrar al salón la maestra la Sra. Guerra, la miraba con una cara de suma tristeza y la llamó a su lado. Mariana caminó hasta el escritorio de la maestra y ésta se levantó de su silla y casi de inmediato le dio un abrazo fuerte mientras la exhortaba a portarse bien. Al ésta dejarla escapar de sus brazos Mariana pudo ver que la Sra. Guerra se mostraba enojada por alguna razón que ella no podía entender. Esto la preocupo más, pues ahora si sabía que algo andaba mal y era posible que su mamá le pegara cuando llegara a la oficina. Manuel que esperaba en la puerta del salón observó como la niña, que unos minutos antes jugaba y sonreía en el patio, ahora caminaba cabizbaja y pensativa. Mariana caminó hacia la puerta y miró a Sra. Guerra, su maestra favorita, mirando la pared en un aparente acto de enojos que no era típico de aquella mujer que siempre parecía contar con una alegría contagiosa.

Minutos más tarde el empleado Manuel y Mariana entraron a la oficina de la escuela donde se encontraba la directora y su mamá. Al mirar a su mamá, Mariana comenzó a llorar sin saber por qué, pues no podía entender que hizo mal y el porqué de aquella visita de su madre a la escuela. La Srta. Cotto se levantó de su escritorio y le dio una servilleta a la niña para que secará sus lágrimas y al mismo tiempo que ésta decía:

"Perdóneme mamá, por favor perdóneme."

"Déjese de estar llorando." -dijo la madre fríamente.

"Es que no sé qué hice."

"Tú no eres la que has hecho algo mal." -dijo la directora mirando a la mujer fríamente.

"Ya le dije que ella es mi hija y usted no tiene ningún derecho."

"No, yo no tengo ningún derecho y si lo tuviese ahora mismo usted no estaría dando a su hija de baja de la escuela, para hacerle de cenicienta en su casa."

"A mí usted no me puede hablar así eso es una falta de respeto."

"Y lo que usted está haciendo es una falta de consideración."

"¿Me van a sacar de la escuela?" -preguntó la niña sorprendida.

"Sí, este es tu último día aquí, así que no hagas más escándalo y vámonos ya."

-contestó enojada Rosa.

"¿Y por qué me vas a sacar de la escuela?"

"Porque me da la gana."

La mujer se puso de pie, agarró a su hija de la mano y le dio una mirada tensa a la directora, la cual ella devolvió con el mismo coraje. Salió de la oficina llevándose a su hija a rastros, mientras ésta sollozaba con temor de llorar, pues su mamá podría pegarle si lloraba en voz alta. La directora se sentó en su escritorio pensativa y con los ánimos como el que pierde una batalla, que nunca tuvo una oportunidad de ganar. Luego buscó en una gaveta del escritorio una carpeta en la que guardaba los archivos de los estudiantes que eran dados de baja por sus padres para archivar allí el récord de Mariana. Esa era otra niña más a la cual se le sacrificaba su futuro para la conveniencia de otros.

Ya en su casa, la mujer envió a su hija al cuarto a cambiarse, para luego discutir con ella lo que tenía que hacer ahora que ya no era una estudiante. Desde ese momento comenzaría su profesión de ama de casa con hijos y todo. La niña entró en su cuarto un poco afectada por la sorpresa de aquel nuevo cambio de vida. Ya mañana no habría clases de matemáticas, español, inglés, ciencias y estudios sociales; en ese día comenzaba la vida de una mujer responsable por otros seres, aunque todavía no había aprendido a ser responsable de ella misma. Al salir del cuarto que compartía con sus hermanos, Mariana encontró a su mamá sentada en un pequeño sillón en la sala y su primera intención fue de preguntarle el por qué a ella la sacaban de la escuela y no a la hermana mayor; pero ella sabía que preguntas como estas se pagaban caro si su mamá estaba en mal estado de ánimos, como en aquel momento. Entonces, decidió ir a sentarse calladamente con su mirada fija en el suelo y sin decir nada. La madre la miró callada y suspiró profundamente antes de comenzar a hablar.

"Mañana cuando yo me vaya a trabajar tú te vas a levantar y..."

La madre le dio todas las instrucciones de cómo habría de cuidar de sus hermanos menores, que aún no podían asistir a la escuela, al mismo tiempo que le tocaba cocinar, fregar y si le daba el tiempo ir a lavar ropa a la quebrada del barrio. Desde aquel día, ya no habrá un minuto para jugar con otras niñas de su edad, pues ya ella era la cenicienta de trapos de su casa. Una niña destinada a cuidar niños que no parió, cocinar para una familia que no formó y hacer todos los quehaceres de un hogar que no era suyo. Al amanecer, Laura, su hermana mayor, se levantó para ir a la escuela, mientras que ella se dirigía a la cocina. Una tristeza inundó su alma al ver que su hermana se preparaba para ir a la escuela, mientras que ella se quedaba haciendo las tareas del hogar. Mariana se sentó en el borde de la cama y comenzó a llorar calladamente mientras veía a su hermana preparándose. Al ver que Mariana no se estaba preparando Laura dijo:

"¿Por qué no te estás vistiendo? Vamos a llegar tarde." -preguntó Laura.

"Yo no voy." -contestó Mariana.

"¿Cómo que no vas? Mami te va a dar una pela[4]."

"Mami me sacó de la escuela ayer."

"¿Cómo que mami te sacó de la escuela?"

"Me dijo que tengo que cuidar a los demás y que de ahora en adelante ya no voy más pa' la escuela."

"Ella no me dijo na' a mí."

"A ti no porque la que se tiene que quedar aquí soy yo."

"Pero si yo soy la mayor, ¿por qué a ti y no a mí?"

"Yo no sé."

"Déjame hablar con ella."

"Ya se fue a trabajar."

"Pues cuando llegue yo le hablo."

"Está bien."

"Entonces ¿Qué tenemos que hacer hoy?"

"¿Tenemos que hacer?"

---

4. Pela: Golpiza

"Si tú no vas pa' la escuela yo tampoco."

"Mami se va a enojar y tú sabes lo que pasa cuando ella se enfogona."

"A mí no me importa. ¿Qué tenemos que hacer?"

La realidad era que a la Laura no le importaba lo que pasase, pues sus castigos y los de Mariana eran muy distintos. A ella la enviarían a su cuarto sin privilegios; sin embargo, Mariana probaría la quemazón de una varita de guayabo o de tamarindo, además de ser enviada a su cuarto sin cena por esa noche. Laura estaba al tanto de las diferencias, aunque no entendía el porqué de estas. Aun así, estaba dispuesta a ser castigada para apoyar a su segunda hermana; y no sabía si por amor o pena, pero siempre se identificó con ella. Durante aquel primer día de cenicienta, Mariana no bañó a sus hermanos menores y trató de hacerles harina de maíz, pero como no sabía cocinar la harina le quedó con grumos y desabrida; y sus hermanos no comieron. No tuvo tiempo de lavar la ropa y todo fue un desastre de proporciones mayores. Sus hermanos lloraban de hambre y había uno de ellos que se había cagado en el pañal y esta no se dio cuenta a tiempo, por lo que se le irritó la piel y le causaba más llantos al niño. Laura trató de ayudar lo más que pudo, pero ella tampoco contaba con las experiencias necesarias para cumplir con las obligaciones del momento.

Al llegar la tarde, la madre llegó cansada de su trabajo y se encontró con que los niños estaban hambrientos y sucios. La cocina era un desastre de trastes sucios y para colmo, su hija mayor no había asistido a la escuela. Todo esto causó que la mujer perdiera los estribos y como era de costumbre, Mariana se convirtió en el blanco de tiro para todas sus rabias. La llamó a la sala para pedir explicaciones que no necesitaba, pues ya el castigo estaba aprobado en su mente. La niña llegó y se sentó frente a su madre, presintiendo que estaba en problemas por no cumplir con sus nuevas obligaciones. La madre levantó su mirada y vio en aquella niña todas las razones del porqué de la situación del momento.

Luego de unos segundos se paró y le pegó a su hija como ésta lo esperaba. En medio del vaivén de la correa, Laura se puso en la línea de fuego y llegó a recibir unos correazos que no eran para ella. Aun así, no se movió y estaba dispuesta a sufrir las consecuencias de sus acciones. La madre se llenó de ira, pues ahora por culpa de Mariana ya su hija mayor la desafiaba abiertamente. Trató en vano de sacar a su hija mayor de frente, pero ésta estaba determinada a defender a su hermana a todo costo. Al cabo de unos minutos de alta tensión la madre castigó a sus dos hijas enviándolas a la habitación sin cena.

Con las niñas ya en el cuarto, la mujer se sentó a analizar lo que había transcurrido y el solo pensar en que su autoridad estaba siendo retada la llenaba de una rabia incontrolable y por la cual alguien tendría que pagar. Al otro día antes de irse a trabajar, entró a la habitación de sus hijos y decretó el ultimátum del día. Laura se iría a la escuela a estudiar y si no lo hacía así, las consecuencias para ésta serían muy graves. Mariana se quedaría a hacer el trabajo que tenía que hacer y ella esperaba que en aquel su segundo día de cenicienta, los resultados fuesen distintos. Luego de despedirse de su hija mayor la mujer fue a la cocina adonde ya Mariana comenzaba a preparar una avena para sus hermanos. Miró a la niña buscando y le señaló donde estaba lo necesario para completar el desayuno. En aquel momento sintió un poco de arrepentimiento por lo que estaba haciendo, pues a ella también en su pasado le habían hecho lo mismo que ahora le hacía a su hija. Hizo un esfuerzo para no dejarse llevar por aquel sentimiento de culpa y de inmediato se dio la media vuelta y al caminar fuera de la cocina pronunció su demanda del día:

"Cuando llegue no quiero regueros y espero que los niños ya estén bañados y jartos".

Mariana se pasó todo el día en los ajetreos de criar a sus hermanos y por más que trató no pudo cumplir con todos los quehaceres del hogar. Otra vez dejó quemar el arroz y las habichuelas; uno de sus hermanos se cayó y se hizo un chichón en la cabeza y para colmo le puso "Vicks Vaporub" en la cabeza y éste se lo regó en los ojos, lo que le causó una irritación y muchos llantos. A eso de las dos de la tarde Laura regresó a la casa y se encontró con todas aquellas situaciones. De inmediato le lavo la cara al chiquillo e intentó salvar lo que aún se podía comer. Laura tenía un poco de experiencia y aunque no fuese mucha era más que la de su hermana Mariana.

Mientras hacía todo esto le explicaba a Mariana los pasos que tenía que realizar para evitar los mismos resultados en los próximos días. Al mismo tiempo se llenaba de preocupación al pensar lo que su mamá fuese capaz de hacerle a su hermana por no cumplir con sus obligaciones. Mariana observaba atenta las demostraciones de su hermana a la misma vez que reflexionaba que era ésta la que debería de estar de ama de casa y no ella. Después de todo esa era la costumbre popular en la isla, el hermano o la hermana mayor era responsable de ayudar, no el segundo o tercer hijo.

Ya a las siete de la noche, Rosa llegó cansada de su trabajo y se sentó en un pequeño sillón en la sala, estaba tan cansada que ni tan siquiera le dio tiempo a inspeccionar el trabajo de su hija. Se quedó dormida allí mismo y sus dos hijas mayores continuaron con el cuido y la alimentación de sus hermanos. Cuando por fin se levantó, eran las diez de la noche y todo estaba en orden. Entonces, se dirigió a la cocina y encontró una fiambrera con sus alimentos separados. La cocina estaba ya limpia, no había ni un traste sucio y nada de lo que pudiese quejarse. La madre estaba convencida de que su hija mayor tenía algo que ver con aquello, pero estaba tan agotada de aquellas largas jornadas de trabajo que no tenía ánimos de pelear con ella.

Al otro día y como todos los días la mujer se levantó, despertó a su hija mayor para mandarla a la escuela y a su otra hija para mandarla a la cocina. Mientras, que ella se dirigía a su trabajo como toda madre soltera. La mujer trabajaba de sol a sol sin ayuda económica de ninguno de los padres de sus hijos. Todos habían llegado prometiendo futuros de villas y castillas, y todos se había ido de la misma forma, por la puerta de atrás y sin tan siquiera decirle adiós. La mujer ya estaba acostumbrada al abandono y era tan orgullosa que pedir ayuda para sus hijos se le hacía imposible. Era por esa razón por la que vivía de necesidad en necesidad. Un día era tan grande la desesperación que sentía que se vio obligada a tomar la decisión que tomó. Gracias a esto Mariana dejó de ser una niña de una manera brusca, pues la situación que su mamá le había heredado le robó los juegos con muñecas y se los cambio por un fregadero que siempre parecía estar lleno de trastes sucios. La cuica se la cambiaron por los brincos que daba cada vez que uno de sus hermanos se cagaba en el pañal, el cual ella tenía que enjuagar de inmediato para evitar que se manchara; las clases de historia dejaron de ser su materia favorita, ya que la realidad no le daba tiempo para leer acerca del pasado, cuando en el presente su vida era la de una mujer que había parido tres niños sin haber estado embarazada una vez.

Con el pasar del tiempo Mariana se volvió una ama de casa que manejaba todos los aspectos de la vida de sus hermanos. Por su parte la hermana mayor aún continuaba ayudándola en lo que podía cuando regresaba de la escuela. Mariana, ya ni preguntaba por sus maestros o compañeros de salón, no le daba tiempo y su hermana no lo mencionaba, pues sabía que aquello le causaba pena. Así fue como se acostumbró a ser la mujer del hogar; se levantaba por la mañana antes que todos, preparaba desayunos para todos, levantaba y vestía a dos de sus hermanos menores, los cuales ya estaban asistiendo a clases. Luego de despedir a todo el mundo se hacía cargo de la cocina y de la limpieza. También estaba a cargo de lavar la ropa de todos, por lo cual Mariana caminaba a una quebrada adyacente a su casa; cargando bolsas con ropa, detergentes y la tabla de lavar y repetía esto varias veces en semana.

Un año, después de todo aquel cambio, Mariana ya aparentaba la edad de una mujer pasada de los veinte años, cuando apenas contaba con unos catorce. La rutina de mujer de familia le había robado la oportunidad de aprender como sus hermanos y por lo visto un poco de su juventud. En una de esas ocasiones en que se encontraba lavando en la quebrada conoció a un muchacho llamado Amalio, quien iba con su mamá para ayudarla a cargar la ropa. Éste era otra víctima más de las situaciones del hogar, pues en su casa también la necesidad había obligado a sus padres a sacrificarle el futuro para mantenerse a flote. Entre una y otra conversación los dos jóvenes pobres encontraron las similitudes de sus situaciones y establecieron una amistad de ocasiones.

Mariana y Amalio se veían varias veces a la semana en la quebrada, cuando ella y la mamá del muchacho lavaban ropa a orillas de esta. Con el pasar del tiempo la amistad con aquel muchacho se convirtió en una relación amorosa, la cual su mamá no aprobaría nunca. La única persona que conocía de esto era su hermana mayor Laura, la cual no solo era su hermana, sino que también su mejor amiga. Las dos jovencitas se encontraban en esa etapa de la vida, donde una ilusión era capaz de opacar la realidad más obvia. Las dos tenían pretendientes, pero solamente una de ellas contaba con la bendición de su madre. La otra debería de mantener su secreto por siempre para evitar consecuencias que para ella serian severas.

Fue así, como en una tarde, Mariana se encontró con Amalio en el lugar de siempre y entre besos furtivos y caricias prohibidas perdió la noción del tiempo. Al darse cuenta de que había dejado la casa desatendida por mucho tiempo, corrió a su casa a tratar de atrapar los minutos que ya se habían disipado en el reloj, trató de cocinar rápido, pero el tiempo no era suficiente. Laura regresó de la escuela y ayudó con los hermanos y las tareas de la escuela. Unos minutos después la madre entro al hogar y se encontró con los ajetreos que suelen suceder cuando alguien está tratando de recuperar tiempos perdidos. La mujer se sentó en el sillón y pronunció las palabras más aterrorizantes del mundo:

"¡Mariana, ven acá!"

"Ya voy mamá."

"¿Qué pasó hoy, por qué no está la comida lista?"

"Es que no me dio tiempo pa..."

"¿Qué no te dio tiempo y que carajos hiciste to' el día?" -preguntó Rosa interrumpiendo a Mariana.

"Es que me sentía cansa'."

"¿Cansa'? ¿Cansa' de qué?"

"No sé ma' me sentía cansa' y me recosté un rato."

"Te recostaste un rato o no hiciste nada en to' el día."

"Estaba un poco cansa' mami."

"Mírala a ella, una mujer cansa' como si fuera ella la que se tiene que ir a trabajar en una factoría to el día."

"Yo no trabajo en la factoría, pero trabajo aquí cuidando niños que no son míos, cocinando, fregando y lavando la ropa de to' el mundo. To's van a la escuela y yo aquí como una esclava de todos."

La mujer escuchó aquellas palabras y el tono de estas e inmediatamente se levantó del sillón, caminó hasta el frente de su hija y le propinó una bofetada en su rostro. Luego se dirigió al cuarto y de allí salió con una correa de cuero; le pegó a Mariana con ella varias veces antes de que Laura se interpusiera entre las dos. Sin embargo, esta vez era diferente, ni Laura ni nadie le impedirían ponerle vergüenza a aquella niña malcriada a la que ella no veía de la misma manera que a sus otros hijos. Luego de unos minutos Mariana lloraba tirada en el suelo mientras que Laura la abrazaba llorando de la misma forma. La mujer paró de golpearlas y salió de su casa con un coraje que aún no podía controlar.

Caminó por el barrio por unas horas y terminó sentándose en un banco de madera que un vecino tenía debajo de un árbol de flamboyán. Allí, sentada encendió un cigarrillo para matar los nervios y entre el humo y los coquíes haciendo alborotos comenzó a analizar lo que había transcurrido en aquella tarde. Y entre una memoria y la otra se encontró nuevamente en los brazos del padre de Mariana. Un hombre elegante que la había enamorado años atrás y ésta se había convencido de que éste era el amor de su vida. Aquella reflexión le causó lágrimas de decepción que no había llorado hacía mucho tiempo. Sentada allí mientras lloraba comenzó a repasar aquella etapa de su vida.

Diecisiete años atrás la mujer había conocido a aquel hombre en la plaza del mercado, unos meses después de que el padre de Laura se fuera huyendo una noche a los brazos de otra mujer. Éste parecía ser más responsable y un buen candidato a ayudarla con su hija Laura. Aun así, experimentaba reticencia de entregar su amor a otro hombre después de que el mal parido padre de su hija mayor hiciese lo que hizo. Entre un encuentro y otro fue conociendo mejor a aquel hombre llamado Israel, finalmente, estableció una relación amorosa con éste y luego de unos meses de un noviazgo intenso la mujer se mudó con él. Al principio todo iba bien como suele suceder, el hombre trabajaba de marino mercante y muchas veces se ausentaba de la casa por varias semanas. De todas maneras, cuando éste se encontraba fuera de la isla, siempre le enviaba dinero a su mujer y esto la ayudaba con la crianza de su hija Laura. Al pasar el tiempo la mujer se encontró locamente enamorada de aquel hombre que la trataba como a una princesa, algo que nadie había hecho por ella en toda su vida. Esto causó que se hiciese ilusiones de pasar el resto de su vida con él.

Luego de un año de convivir con Israel, la mujer decidió presentárselo a su familia. Ese acto le causaría uno de los mayores dolores de su vida, pues ella venía de una familia que siempre la trató como si ésta fuese menos que ellos y de esa errada decisión fue que comenzaron los problemas con Israel, pues la familia de ella no perdía un momento para inventarse calumnias acerca de ella y a su vez de causarle problemas y dolores. Comenzaron con comentarios acerca del carácter de la mujer y terminaron cuestionando su fidelidad en frente de aquel hombre. Así plantaron dudas en el corazón de éste que a su vez comenzó a dudar de la decisión que había tomado juntándose con aquella mujer de manera tan rápida. Una tarde de otoño Israel volvió a la casa después de unas semanas fuera de la isla, al entrar a su casa no encontró a su mujer y se fue a preguntar por ella a unos familiares. Entre estos se encontraba la madrastra de la mujer, una señora llena de odio y orgullo; esta nunca había soportado a Rosa y en aquel momento vio la oportunidad de causarle dolor.

"Tu mujel está por ahí andando como siempre." -dijo la madrastra de Rosa.

"¿Y para dónde anda?" -preguntó Israel.

"Yo no sé, por ahí dicen que anda realenga cuando tú no estás."

"¿De qué carajo usted habla?"

"Pue' de que tu mujel, anda con otro cuando tú no estás. ¿Qué tú eres ciego o pendejo?"

"Señora tenga mucho cuidado con lo que dice." -dijo Israel molesto.

"Yo no digo calumnias pue' yo soy una mujel seria y muy cristiana."

"Pues, yo no le creo."

"Bueno allá tú, pero déjame decirte que hasta la ropa que tú compras ella se la regala a un novio que tiene."

"Usted está hablando mierda."

"¿No te acuerdas de los pantalones y las camisas nuevas que tú le diste a lavar hace uno meses atrás y después se desaparecieron?"

"¿Y cómo usted sabe eso?"

"Pue yo la vi regalándosela a un chillo[5] que tiene."

Aquel último comentario causó una rabia sin igual en Israel, pues él sabía que aquella situación con la ropa nueva, la cual él nunca vestía antes de que la lavaran era algo cierto. Unas semanas atrás había comprado unos pantalones y unas guayaberas y se las había entregado a su mujer para que las lavara, pero antes de que se las pudiera poner se fue a trabajar y cuando llegó alguien le había robado la ropa o eso era lo que le había dicho su mujer. Lleno de dudas y rabia Israel salió en busca de su mujer y dejó a la madrastra sola y con una sonrisa en su rostro, pues había sido ella la que se había robado aquella ropa y esperaba la oportunidad de joderle la

---

5. Chillo: Amante

existencia su hijastra, a la que odiaba desde niña. Unos minutos más tarde, Israel encontró a su mujer de camino a casa desde la plaza del mercado. Ya ciego por la rabia de los celos se le paró en frente y la confrontó.

"Por fin te encuentro canto de puta." -le dijo a su mujer sin ningún tacto.

"¿Israel que te pasa mi amor, que tienes?" -preguntó la mujer sorprendida por aquella muestra de rabia.

"Llegué hace un rato y ya estoy al tanto de lo que haces cuando estoy trabajando para mantenerte a ti y a la mocosa de tu hija."

"No entiendo de que me estás hablando."

"Que ya me dijeron que..."

El hombre prosiguió a contarle a su mujer lo que había escuchado y con cada palabra que decía más decepcionada se sentía Rosa. En un momento dado, ésta lo miró de frente y con todo su amor y orgullo le dijo las palabras que habrían de ponerle fin a su historia juntos.

"Quiero que te vayas y que no regreses jamás. No quiero verte más ni ahora ni cuando nazca tu hijo." -dijo Rosa indignada.

"¿Qué hijo?" -preguntó Israel confundido.

"El hijo que tengo en la barriga, pues estoy preña."

"Tú no me habías dicho eso."

"¡Pues ahora lo sabes! Hazme el favor de ir a la casa a recoger tus cosas y te largas. ¿Cómo te atreves a dudar de mi desgraciado?"

Aquella había sido la última vez que la mujer había estado en la presencia del padre de Mariana. Éste se fue molesto y con coraje de un hombre herido por su propio orgullo. Luego de unos días volvió a salir de la isla en un viaje de trabajo y en el mismo tuvo la oportunidad de reflexionar acerca de lo que había ocurrido con su mujer. Después de unas semanas regresó a su casa, con toda la intención de pedir el perdón que nunca hubo de obtener, pues su mujer con el orgullo herido se mudó de su casa para asegurarse de que él no la pudiese encontrar nunca. Unos años más tarde Rosa se volvió a juntar con un hombre que era buen proveedor y padre ejemplar. Sin embargo, ya en aquel momento de su vida la necesidad dictaba sus acciones y no su corazón. Era una mujer sola en los años setenta y con dos hijas sin padre, y aunque aquel hombre hizo lo imposible por ganarse su amor, ella ya no tenía nada que dar; pues Israel se había llevado aquella parte de su corazón y la lastimó de tal manera que ella decidió que jamás amaría a alguien con la misma intensidad.

Tiempo más tarde aquel hombre quien era el padre de sus tres hijos menores, estuvo envuelto en un accidente en el trabajo que le costó la vida. Ahora, la mujer ya tenía cinco hijos que mantener y no contaba con ninguna ayuda económica. Entonces comenzó a trabajar en trabajos esporádicos de aquí para allá. Lavaba y planchaba ropa a varias personas, luego vendió frutas y vegetales en la plaza del mercado. Eventualmente, consiguió un trabajo en una factoría y allí era donde se encontraba trabajando cuando tomó la decisión de sacar a Mariana de la escuela. Pudo haber escogido a la mayor como era la costumbre, pero entre el rencor y la rabia se decidió a sacar a la segunda de la escuela, pues el padre de ésta le había causado un gran dolor y ella era un recordatorio constante de aquel sufrimiento que experimentó; cuando entre la rabia y un orgullo herido se decidió a terminar aquella relación con el único hombre al que amó apasionadamente.

Después de unas horas de humos y reflexión se dio cuenta de que se le había consumido mucho tiempo reviviendo los momentos más dolorosos de su pasado; y aunque en aquel viernes no tenía que acostarse temprano ya era un poco tarde y tendría que regresar a su casa a restablecer el orden de las cosas. Aun guiada por la rabia y el rencor entró a su casa y encontró que todos sus hijos estaban durmiendo. Entró al cuarto donde dormían Laura y Mariana y las encontró abrazadas como para protegerse una a la otra de un monstruo que las visitaba a las dos. Al mirar esto, se llenó de una vergüenza interna que le desgarró el alma y se preguntó cómo después de que ella misma había sido maltratada por su familia, ahora era ella la que se lo hacía a sus hijas. Se fue a sentar a la sala y lloró calladamente, todos los dolores y las frustraciones de su vida en aquel momento. Algo dentro de su corazón le decía, que lo que le estaba haciendo a Mariana no era justo, pero su orgullo y su rabia en contra de Israel, no la dejaban discernir entre lo correcto y lo incorrecto. Allí estaba aquella adolescente, un retrato idéntico del hombre que le había robado la fe en el amor.

Al otro día cuando ya se le había pasado la rabia, también se le olvidó los sentimientos de culpa que sintió la noche anterior. Se levantó temprano y pensó como habría de restablecer su posición de matriarca en su hogar. Entró al cuarto y levantó a Mariana solamente, la adolescente miró a su madre con el temor de que ella continuase lo que comenzó la noche anterior. La mujer envió a su hija a lavarse la boca, pues tenía que hacerle un mandado aquella mañana. La adolescente hizo lo que su mamá le dijo y luego de lavarse la boca volvió adonde su madre la esperaba a recibir las instrucciones.

"Quiero que vayas a la casa de Doña Fela y me busques un pan que mandé a comprar para el desayuno." -le ordenó Rosa.

"Ok mamá." -dijo Mariana.

"No te tardes, que no quiero que tus hermanos se levanten y no haya nada que comer."

"Ok."

Mariana, salió rumbo a la casa de su vecina dispuesta a ganarse aquel amor de su madre, siguiendo las instrucciones al pie de la letra. Unos minutos más tarde llegó a la casa de Fela y ésta le entregó tres libras de pan acabado de sacar del horno de la panadería, y unos huevos que su mamá habría de hervir para el desayuno de la familia. Luego de darle las gracias a la vecina Mariana caminó de regreso a su casa y como no había cenado la noche anterior las tripas en su estómago comenzaron a rugir del hambre instigadas por aquel olor a pan freso que la muchacha cargaba. En un momento de debilidad el hambre convenció a Mariana de que, si se comía un poquito de la esquinita del pan, su mamá no se molestaría y eso fue lo que hizo. Al llegar a su casa le entregó el pan y los huevos a su madre y ésta al inspeccionar el pan se dio cuenta de que había uno que estaba ruido.

"¿Y qué le pasó a esta libra de pan?" -preguntó la mujer un poco molesta.

Mariana miró a su mamá y se dio cuenta de que estaba muy molesta y como en el pasado la honestidad no había tenido buenos resultados para ella, se decidió a mentir.

"Yo no sé."

"¿Cómo que tú no sabes?"

"Eso estaba así."

"Tú me estás diciendo a mí que Doña Fela me mandó ese pan ruyido así."

"Yo no sé eso estaba así."

"Eso no estaba así malamañosa tú te lo comiste."

"Es que tenía hambre y no pensé que..." -intento responder, pero Rosa la interrumpió.

"Ahora tras de ser malamañosa eres una embustera[6] . No me sorprende eres igual que tu papá."

"Mamá es que..."

"Es que nada, tú quieres comer pan, pues yo te voy a dar pan."

La mujer le ordenó a su hija que se sentara a la mesa y ella obedeció. De paso seguido sacó la libra de pan que esta había ruido y se la puso de frente al igual que dos vasos de agua. Fue a su cuarto y buscó una correa y se sentó al cruzar la mesa, miró a Mariana y le dijo:

"Te lo comes todo, no quiero que me dejes nada."

"Pero mamá."

"Pero mamá nada yo te voy a quitar a ti lo de embustera"

Con la correa en la mano, la mujer forzó a su hija a comerse una libra de pan completa y para asegurarse de que se le llenara el buche la obligó a tomar agua también. Mariana ya harta de tanta harina en el estómago comenzó a sentir retorcijones y ganas de vomitar al sentirse sofocada por el pan, que se le expandía la barriga. Laura acababa de levantarse en el mismo instante que su hermana corría al baño para vomitar mientras lloraba de dolor. Al mirar a su hermana en aquella condición, Laura inquirió acerca del porqué de la situación y Mariana trató de contarle lo que su mamá le había dado de castigo por comerse un poquito de pan al mismo tiempo que escuchó a su mamá gritar desde la sala:

"Eso le pasa por afrenta y malamañosa."

---

6. Embustera: Mentirosa

Laura miró a su hermana arrodillada frente al excusado y se dio cuenta de que la situación de ésta empeoraba cada día y ella no podía hacer nada para ayudarla. Entre la impotencia y el respeto que le debía a su mamá, ella ya no sabía que podía hacer para compartir el dolor que Mariana experimentaba sin razón alguna. Y en aquel momento su resolución de ser una hija respetuosa se disolvió en un intenso odio momentáneo y de inmediato se fue a la sala a confrontar a su madre:

"A ver mamá ¿Qué es lo que usted quiere hacerle a Mariana, la quiere matar?"

"Laura, me estás faltando el respeto y eso no te lo voy a permitir." -gritó la mujer con los enojos subiéndole por el cuerpo.

"Yo lo que quiero saber es, ¿Qué le hizo Mariana para que usted la trate así?"

"No te atrevas a faltarme el respeto yo soy tu madre."

"Y también es la madre de Mariana y parece que eso no le importa porque la trata como una mierda."

Al escuchar las palabras de su hija mayor, la mujer se paró frente a esta y le proporciono una bofetada, que sonó a través de las paredes de la casa. Laura bajó el rostro y se fue a su cuarto a vestirse y le dijo a su hermana que hiciese lo mismo, pues se iba de la casa. Mariana la miró con miedo, pues ella sabía que no contaban con nadie que las pudiera ayudar, pero de todas maneras se vistió y salió detrás de su hermana, mientras que la mamá ya iracunda de la rabia les gritaba obscenidades. Ya fuera de la casa, Laura y Mariana caminaron por el barrio por varios minutos, una llevaba un dolor de estómago y la otra un dolor en el rostro. Más, sin embargo, las dos compartían un dolor en el alma del que no sabían cómo librarse, después de todo no tenían la edad para vivir solas y tampoco una familia en la cual apoyarse.

Caminando por el barrio con el sol caliente quemando el lugar las dos muchachas se encontraron en la quebrada, donde Mariana lavaba ropa y se veía con su pretendiente Amalio. Al llegar allí se encontraron con la mamá de aquel muchacho y Mariana sabía que él habría de llegar allí en algún momento a ayudar a su madre. Ya pasados unos minutos el muchacho se apareció y ella se echó a sus brazos a llorar, mientras que Laura los miraba desde una esquina. Al mirar la ternura con la que el muchacho trataba a su hermana, se convenció de que si su hermana se iba con ese muchacho tendría mejor oportunidad de vivir tranquila. De todos modos, no dijo nada, pues aquel pensamiento entró y salió de su mente al darse de cuenta de que no tenían para donde ir y tarde o temprano tendrían que regresar a casa.

Mientras tanto, la madre de estas estaba en casa atendiendo los muchachos que eran su responsabilidad por el momento, porque la cenicienta de trapo andaba fuera del hogar. Durante todo el día atendió a sus hijos como una buena madre, pues esto es lo que ella era para todos sus hijos, con la excepción de una de ellas. El desdén solo estaba reservado para Mariana y aunque Laura retará su autoridad más de mil veces ella no dejaría de tratarla con el cariño especial que sentía por esta la que era su primogénita. Aun así, al llegar las cinco de la tarde la mujer se preocupó un poco, pues Laura no había regresado a casa y era la primera vez que esta se arriesgó a faltarle el respeto por lo que se vio forzada a ponerla para atrás, en su lugar.

Nuevamente, la mujer se encontró en momentos de reflexión y en estos eran los únicos instantes en los que se sentía culpable del trato que le daba a su hija. Era en esos momentos en que el pasado la visitaba para recordarle de sus errores de joven y los horrores de su juventud cuando era ella la víctima de los abusos de sus propios padres. Recordó con tristeza como su padre y su madre la habían regalado a una familia extraña cuando apenas contaba con unos cinco años. También recordó como terminó encontrando su camino a casa donde su madre se había ido con otro hombre y su padre se había casado nuevamente con otra mujer llena de odio. Un odio del que ella fue víctima muchas veces.

Entre una y otra memoria de su vida encontró a Israel y la promesa de una mejor vida al mismo tiempo que encontró su error de tratar de enseñarle a su familia que ella era capaz de conseguir a alguien que la amara por lo que era y no por lo que otros querían que ella fuera. De ahí era de donde había nacido la peor decepción de su vida, al este haber dudado de ella y la había lastimado de una forma que ella y sus falsos orgullos no podían perdonar nunca. El resultado de aquel orgullo herido era el maltrato al que sujetaba a la hija de aquel hombre, que trató de pedir perdón más de una vez y se cansó de no encontrarlo. Fue así como al Israel desaparecer de su vida, la niña vino a tomar su lugar para recordárselo constantemente. Con el tiempo aquel amor que sintió por él se volvió un resentimiento que ella solo aliviaba apuntando a la única persona en su vida que tenía algo de

Israel.

Luego de viajar por el pasado la mujer regresó a su presente, cuando uno de sus hijos le pidió un vaso de leche y sintiéndose un poco vacía espiritualmente caminó a la cocina y miró afuera por una de las ventanas de madera que estaba en una pared. Allí pudo ver que Laura y Mariana regresaban a casa y sintió alivio por una de ellas y pena por la otra. La verdad era que ella había tratado de ver a su hija con los mismos ojos que podía ver a los demás, pero ésta tenía mucho de su padre y el rencor que ella sentía por él era incontrolable. Unos minutos más tarde las dos jóvenes entraron a la casa. Mariana acostumbrada al castigo fue directamente a su cuarto y Laura la persiguió con la resignación de que, a ella, también le tocaba castigo por sus palabras de la mañana.

Así pasó aquella noche con las dos jóvenes encerradas en su cuarto llena de miedos y resentimientos y la madre de ellas sentada en la sala con sus enojos y remordimientos. Ninguna tomó el paso a rectificar la situación y todo el domingo hubo un silencio entre ellas que solo lo rompería el tiempo. Al llegar el lunes, la rutina tomó las riendas de aquellas vidas y todo el mundo se fue a su lugar. Laura y los hermanos menores a la escuela y Mariana a la cocina y a la quebrada. Unos buscando futuros y otra perdiendo oportunidades a las que solamente los demás tenían derecho.

Así Mariana, trabajando a tiempo completo para su familia, mientras se veía a escondidas con Amalio y entre una frustración y la otra comenzó a revelarse en contra de los abusos que se estaban cometiendo en su contra. Laura ya se aproximaba a los dieciocho años y su noviazgo con un muchacho del barrio ponía en peligro el único apoyo que Mariana tenía en su vida de cenicienta de trapos; pues ella sabía que, si su hermana se escapaba con su novio, se quedaría sola a merced de las frustraciones de su madre. Así un día la madre trajo un nuevo pretendiente a la casa después de haberse encontrado sola por varios años; con la llegada de éste, Mariana comenzaría a estorbar mucho más que antes. Entonces las reglas que gobernaban su vida pasaron a ser un poco más estrictas.

Desde aquel momento solo saldría de su cuarto por las mañanas a hacer los quehaceres del hogar de los que era responsable. Cuando el pretendiente visitaba, ella era la única persona que no podía salir de su cuarto. Si el pretendiente de Rosa quería llevar a la familia a pasear, Mariana se quedaría sola en casa como en un eterno castigo. Su madre decidió que esto era lo mejor que podía hacer, pues si veía a Mariana el recuerdo de Israel no la dejaría confiar en aquel otro hombre del cual ella podría recibir un poco de ayuda económica.

Con el pasar del tiempo, la relación se volvió más seria y ya Mariana solamente salía de su cuarto a cocinar, fregar y a lavar ropa, trabajando como una esclava. Un día al irse a lavar la ropa de todos, incluyendo la de aquel hombre que ya se divisaba como su futuro padrastro, Mariana se encontró con Amalio en el lugar de siempre. Luego de quedarse solos los jóvenes comenzaron a besarse y tocarse como cualquier persona de esa edad y no se percataron que por el camino venía una mujer caminando en esa dirección. Los dos jóvenes se estaban besando cuando de momento, Mariana sintió que algo le estaba tratando de arrancar el cuero cabelludo y en medio de aquel dolor intenso e inmediato escuchó una voz que le causó el susto más grande de su joven vida.

"¡Aja! Eso es lo que tú haces cuando te dejo en casa canto de sinvergüenza." -dijo Rosa enfurecida.

"¡Ay!" -gritó la joven mientras su mamá la arrastraba por el pelo.

"Te voy a dar una pela pa' que se te quiten las bellaqueras."

"Mamá suélteme por favor..."

"Te voy a encerrar en la casa y no te voy a dejar salir más."

"¡Señora! -gritó Amalio sin saber qué hacer."

"Usted se calla cari sucio como te atreves a tratar de hablarme a mí."

"Yo quiero a su hija y quiero..."

"Lo que tú quieras me importa un carajo y mejor te vas antes de que te jalte a palos a ti también."

"Señora con todo el respeto que..."

"Que te vayas pal carajo sinvergüenza."

"Yo no me voy a ningún lado, aunque usted no quiera yo quiero a su hija y..."

"Y no la vas a volver a tocar. Ustedes todos los hombres son lo mismo, quieren y quieren hasta que se cansan y se les cruzan otras faldas por el frente." -dijo

Rosa mientras que aún agarraba a Mariana del cabello.

"Yo no soy así."

"¿Tú eres hombre no?"

"Si señora."

"Pues eres así."

"¡Mami suéltame!"

La mujer continuó arrastrando a Mariana a través del camino y esta gritaba de dolor mientras, Amalio las perseguía desesperado. La gente miraba entretenida por lo que sucedía y nadie trató de intervenir en favor de la muchacha. Solo la mamá de Amalio se atrevió a abrir la boca, pero solo para decirle a su hijo que no interfiriera en los asuntos de aquella familia, pues ese era el derecho de la madre y nadie podía juzgarla. Así en el medio de jalones y empujones llegaron a la casa, ya dentro de la misma, le pidió a uno de sus hijos menores que saliera al monte y le buscase una varita de guayabo o tamarindo. El niño la miró confundido y aterrado por lo que su mamá iba a usar aquella varita; de todas maneras, éste no tenía ninguna opción, pues si no cumplía con las demandas de su madre, ella les pegaría a los dos.

Entonces el niño salió al monte y buscó la varita más finita que pudo encontrar pensando en su hermana y el dolor que esta le iba a causar a aquella joven que era prácticamente su segunda madre. El niño recogió la varita dejando escapar unas lágrimas de desesperación, pues se sentía sucio y traicionero, haciendo lo que su madre le pidió. Al regresar a su hogar el niño le entregó a su mamá la varita de guayabo que ella le pidió e inmediatamente corrió a su cuarto a meterse debajo de la cama para intentar escapar del miedo y la culpa que sentía. La mujer entró al cuarto de Mariana, con la varita en mano y procedió a propinarle la golpiza más grande que se hubiese visto en aquel hogar. Entre medio de los gritos y sollozos de la jovencita, Laura regresó a su casa luego de salir con su pretendiente. Al escuchar a su hermana llorando sintió una punzada en el corazón que iba desde pena hasta la rabia y sin pensarlo entró al cuarto; y le agarró la mano a su mamá, que estaba iracunda de la rabia. La mujer forcejeó por unos momentos hasta que Laura le gritó desesperada:

"Ya pare mamá que la va a matar."

La mujer miró a su hija y reaccionó de inmediato y cuando miró a la jovencita, ésta estaba llena de ronchas y sangre dando la impresión de ser la víctima de un crimen violento. La mujer se desplomó sobre el peso de su propio odio, y se sintió la persona más vil del mundo. Miró a Laura y trató de decir unas palabras, pero no pudo decir ninguna. Laura tirada al lado de Mariana lloraba de la rabia e impotencia; y Mariana a su vez sollozaba silenciosamente por la humillación y dolor que sentía. Rosa se paró y trató de decir algo nuevamente, pero no pudo, entonces salió del cuarto cabizbaja. Por los próximos días no hubo palabras entre la mujer y sus hijas. Ésta se iba a trabajar temprano, mientras que Laura y los chiquillos se iban a la escuela y Mariana se quedaba sola haciendo lo de siempre.

Mariana tenía terminantemente prohibido salir de su casa y mucho menos de cruzar una palabra con Amalio. Su mamá había hablado con la madre de Amalio y él estaba en la misma situación para así evitar un problema entre las dos familias. Una mañana de otoño Mariana sintió que algo entró volando por la ventana y se llevó un gran susto. Miró alrededor y no vio nada en la habitación, cuando de repente sintió una piedrita chocar en su pecho. Miró hacia afuera, pero no vio a nadie y nuevamente otra piedrita cayó adentro de la habitación.

Mariana corrió hasta la ventana de madera y vio como Amalio se escondía detrás de la pared de la casa. Mariana sintió una mezcla entre alegría y terror al ver que el muchacho estaba allí. Pensó en él y en lo mucho que lo extrañaba, también pensó en lo que su madre le haría si se llegara a enterar de esto y en voz baja trató de comunicarse con su príncipe de papel.

"¿Qué tú haces aquí? ¡Estás loco!" -le preguntó Mariana casi susurrando.

"Quería verte y no me pude aguantar." -respondió Amalio con una sonrisa.

"Tú sabes lo que mami va a hacer si te ve aquí."

"Yo sé, pero no puedo aguantar las ganas de verte."

"Vete por favor que me vas a meter en problemas y me van a dar otra pela."

"Yo lo sé, pero es que no es justo."

"Yo sé. ¿Pero qué vamos a hacer?

"¿Te quieres ir conmigo?"

"¿Irme contigo?

"Sí, vente conmigo y vámonos de aquí."

"Yo no me puedo ir contigo, así no."

"¿Pero tú quieres quedarte encerra' to'a la vida?"

"Es que eso no está bien."

"Yo te quiero y me quiero casar contigo."

"Yo también, pero así no."

"¿Y cómo? Si tu mamá me odia."

"Mi mamá no te odia."

"¿Y entonces?"

"No sé, no sé."

De momento Mariana escuchó el sonido de la puerta abriéndose y le hizo señas con la mano al muchacho para que se escondiera. Unos segundos más tarde Laura entró al cuarto, miró a su hermana y la notó nerviosa. Entonces preguntó:

"¿Qué tú haces?"

"Nada."-respondió Mariana.

"Aja, y yo me chupo el dedo."

"¡Ay, chica yo no estoy haciendo na'!"

"Ahora tú crees que yo soy una zángana."

"Ok, ok."

Mariana comenzó a contarle a su hermana lo que sucedió minutos atrás y ésta la miró con un poco de sorpresa. Luego, de terminar el relato hizo el comentario a manera de pregunta o buscando la opinión de ésta sin pedírsela explícitamente.

"¿Puedes creer lo que se le ocurre a Amalio?" -cuestionó Mariana.

"A lo mejor estás mejor si te vas con él." -dijo Laura mientras la miraba.

"Tú estás loca ¿y dejarte a ti sola?"

"No me estás dejando sola, pues yo ya mismo me voy también."

"¿Y entonces?"

"Entonces yo quisiera que cuando yo me vaya ya tú no estés aquí."

"¿Y por qué no?"

"¿Tú eres pendeja o qué?"

"Es que no sé."

"Tú si sabes, tú si sabes. Si te quedas aquí sin mí vas a pagar por todos los platos rotos."

"Es que no sé, creo que..."

"Bueno, yo lo que digo es que a lo mejor con Amalio tienes la oportunidad de vivir mejor y sin maltratos."

"¿Y si no sale bien?"

"Si no sale bien siempre puedes contar conmigo."

"¿Y cómo lo hago?"

Laura comenzó a planificar con su hermana como sería el escape. Primero se pondrían en contacto con Amalio para escoger el día y la hora en que Mariana se iría. Luego, empacarían todos los trapos a los que Mariana llamaba ropa, y el día acordado Mariana escaparía por la misma ventana en la que se apareció Amalio aquel día. Todo debería salir de acuerdo con el plan y nadie se debería de enterar del mismo. Después de unos días llegó la mañana tan esperada y en medio de unas fuertes lluvias Mariana abandonó aquella prisión que llamaba hogar en las manos de su amado Amalio. Laura se quedó atrás para asegurarse de que nadie viera el suceso. Mariana y Amalio huyeron en el carro como si de una carroza de cuento de hadas se tratará, la cenicienta de trapos se marchó con su príncipe de papel hacia un barrio pobre en otro pueblo.

Al llegar la tarde, la mamá de Mariana llegó a la casa y se dio cuenta de que allí faltaba algo. No olía a comida y todos los trastes sucios la esperaban en el fregadero, de inmediato se fue al cuarto a buscar a su hija Mariana y cuando abrió la puerta no la vio donde la había dejado. En un acto de presentimientos abrió el ropero y se dio cuenta de que allí faltaban todos los trapos de su hija. Instintivamente, salió de su casa y caminó a la casa de Amalio a preguntar por su hija. La mamá del muchacho abrió la puerta y le dijo que no los había visto a ninguno de los dos. La mujer se regresó a su casa. Rosa, molesta y con un gran vacío en el pecho se sintió decepcionada, pero no de su hija.

Sentada en el sillón de la sala comenzó a llorar calladamente dándose cuenta de que cometió los mismos errores que cometieron sus padres con ella. Allí entre lágrimas le vinieron pensamientos de su niñez y su vida en general. Se dio cuenta de que le causó a Mariana los mismos sufrimientos que le causaron sus padres a ella. Pensó en Israel, el orgullo que sintió en aquellos momentos, en el rencor que tenía en su corazón y en cómo se desquitó con su hija. Se sintió decepcionada de sí misma y nunca se perdonaría lo que le hizo a su hija si ésta no la perdonaba. Minutos después llegó Laura y la vio allí, sentada y llorando, pero no hizo el esfuerzo de preguntarle a su madre la razón de su llanto. Mientras tanto, Mariana y Amalio se fueron a casa del padre de éste, era un sitio pequeño en el que apenas cabían. Mariana entró a la casa y su primera reacción fue sentarse a llorar mientras recordaba todo el sufrimiento que había pasado desde ese último día en que saltó la cuica. En aquel momento Mariana se hizo la promesa de que no importase lo que pasara entre ella y Amalio no repetiría los mismos errores que cometió su madre con ella, que la convirtió en una cenicienta de trapos; sucios del odio y empapados con la decepción de unos falsos orgullos que no supieron perdonar pasados, ni respetar futuros...

Elogios

S ENTADA en un banco de la iglesia, Ruth observaba y escuchaba todo a su alrededor; era una noche silenciosa, no se oía el cantar de los grillos y del coquí. Aquel silencio solo era interrumpido por los llantos ocasionales que provenían desde adentro de la iglesia. Se estaba efectuando el velorio de María, madre de Ruth. En el medio del bullicio, y miradas se encontraban su familia inmediata, sus vecinos y sus hermanos en Cristo, todos visiblemente afectados por el fallecimiento de María. Se encontraban todos reunidos allí, para darle el último adiós a su manera. Eran las siete y treinta de la noche faltaban treinta minutos para comenzar el servicio, familiares y amigos ya habían pasado frente al féretro, para darle el último adiós. Todos en la iglesia comentaban que el rostro de la difunta mostraba una calma y la palidez reflejaban la resignación de la muerte, lucía una paz total, lo que causaba que las personas encontraran en su rostro el consuelo de que ésta ya estaba descansando. Así pasaron los minutos dándole entrada al servicio.

A la hora programada dio comienzo el servicio, el Reverendo Pastrana comenzó con la oración de consuelo en la que pedía paz y resignación para la familia y allegados. Luego de la oración, el Reverendo comenzó por relatar anécdotas acerca de la muerta y sus largos años en servicio de Dios y la comunidad. Éste trató de aliviar los pesares de las personas más afectadas, con mensajes de esperanza y las promesas de una vida eterna que de seguro esta amable mujer se había ganado ante sus ojos, y más importante aún ante los ojos de Dios. Entre una historia y otra, el mensaje continuaba siendo el mismo: el que muere en los caminos del señor no ha de temerle a muerte alguna. Entre todas las personas sentadas, se encontraba la familia de la cual la mujer era la matriarca y a los cuales se les podía notar una gran tristeza en sus rostros. En diferentes momentos las anécdotas del pastor causaron un poco de risa y/o llantos a las personas allí presentes. Luego de unos minutos éste concluyó la parte que le tocaba para darle paso a las diferentes personas que querían compartir sus propias memorias de la muerta.

El primero que se paró fue el primogénito de la mujer. Este lucía inconsolable al pararse al frente del templo con el féretro de su madre a unos pies de distancia. Antes de comenzar a hablar miró alrededor a ver a todos los que allí esperaban oír sus palabras. Comenzó:

"Hola mi nombre es Héctor, soy el hijo mayor de la difunta. ¿Qué les puedo decir, que ustedes no sepan ya? Tengo un dolor en el alma que no lo puedo aguantar, porque se me ha ido mi vieja. La mujer que me crío y me hizo el hombre que soy. Yo amaba a mi vieja con todo mi corazón y ella siempre lo supo. Y en este mundo que se me hace más chiquito sin ella, todo el mundo sabe que yo por ella hacia lo imposible."

Al decir estas palabras cayó de rodillas al suelo lo que causó que algunas personas corrieran a socorrerlo en aquel momento tan doloroso. Todos los que se mantuvieron sentados se taparon la boca con las manos para no dejar escapar palabras o sollozos que le añadieran más dolor al momento. Mientras el hombre gritaba las acostumbradas preguntas de por qué a su mamá, el drama era observado por todos los que allí estaban presentes. Pasaron unos minutos y al fin los vecinos y familiares de aquel pobre hombre lograron llevarlo hasta su asiento mientras las otras personas musitaban palabras de alientos y condolencia. El pastor de la iglesia tomó el micrófono por el cual muchas veces la mujer había cantado coros de alabanza y lo usó para calmar la intensidad del momento antes de darle paso a la segunda persona la cual tenía unas palabras que decir. De esta manera llegó el turno de hablar de una de las hijas de la mujer:

"Buenas noches mi nombre es Inés, yo soy la hija menor de la difunta y aunque se me hace difícil pensar que ya se me fue mi mamá, estoy tratando de ser fuerte como ella me lo enseño, con sus ejemplos a través de su vida. Quiero decirle a mi mamá que, aunque sé que ella no me puede escuchar yo la quiero y la adoro con toda mi alma. Dios mío ayúdame por favor, tú sabes que yo con mi mamá no quería cuenta y ahora me ha dejado sola."

La mujer tomó una pausa para retomar el control de sus emociones y comenzó a mirar a su alrededor mientras gemía de una manera semi silenciosa el dolor que estaba experimentando al lado de la muerta. Al ver esto uno de sus hijos se levantó, caminó hacia ella y la abrazó fuertemente como para calmar el dolor que estaba sintiendo. Mientras las personas que fueron testigos de aquellas muestras de cariño, se secaban las lágrimas que dejaron escapar sin poderlo evitar. Entre los comentarios, murmullos y sollozos se escuchaba una alguna risa ocasional de alguien que seguramente se estaba acordando de algo gracioso que había pasado antes de la muerte de la difunta.

Al cabo de unos minutos, Inés fue llevada por su hijo a una de las sillas del frente, donde se encontraba sentado Héctor. Se miraron y se abrazaron dejando escapar sollozos de sentimientos dolorosos. Al pasar frente a ellos los vecinos y los feligreses, les ponían sus manos en los hombros como muestras de apoyo. El Reverendo se paró nuevamente frente al púlpito e invito a la siguiente persona a decir unas palabras. Uno de los nietos, de la mujer se paró y tomó el micrófono en sus manos. Estuvo callado por unos segundos mientras miraba el féretro como para encontrar allí las fuerzas para decir lo que tenía que decir. Entonces dijo:

"Soy Marcos su nieto mayor, para mí, mi abuelita era como la luz de mis ojos. No todos saben que ella me crio, me guio por el buen camino y me aconsejaba para que fuera por el buen camino. Ella era la única que me entendía y consentía. Ahora siento que con su muerte me he quedado solo para siempre. Mi viejita era lo más importante en esta vida y ahora me dejó... Me dejó solo..."

Después de esto ya no tuvo las fuerzas para seguir hablando, fue y se sentó al lado de su papá y su tía. Los tres abrazándose profundamente en un abrazo de solidaridad y consuelo. Los feligreses y allegados, los miraban con tristeza y con pena en el corazón, estos sabían que nada podían hacer para aliviar aquellos infiernos privados del dolor que ellos sentían. El Reverendo invitó a otras personas a decir algunas palabras y uno que otro se paró para compartir anécdotas de la mujer conocida por todos. Luego de esto, el Reverendo volvió a tomar el micrófono en vla mano para preguntar si alguien más deseaba compartir sus palabras con la familia. Mientras hacía esta pregunta, dirigió su mirada a un banquito adonde se encontraba sentada Ruth, la segunda hija de María. Ésta no se había movido de allí y miraba hacia el suelo, mientras escuchaba los elogios y observaba sus propias lágrimas caer al suelo. Ruth miraba a sus hermanos y sobrinos y sus ojos se llenaban de lágrimas, pensaba: *"Ellos no estuvieron presente cuando más ella los necesitaba."* Mientras Ruth pedía a Dios fortaleza, era observada por sus hermanos, sus sobrinos, los vecinos y los feligreses. Ninguno le había dicho nada en toda la noche, pero todos la miraban con curiosidad. La mujer levantó su mirada y los vio mirándola. Nuevamente, bajó su rostro para dejar escapar sus lágrimas mientras se ponía de pie sin la ayuda de nadie. Luego caminó hasta el féretro y le dio un beso en la frente al cadáver de su madre. Después se dirigió al micrófono y pronunció las únicas palabras que se oyeron de su boca aquella noche:

"Les quiero agradecer a todos su presencia en esta noche, yo sé que mi mamá lo hubiera apreciado."

Luego de decir estas palabras miró a sus familiares y se dirigió a la puerta del templo para marcharse del lugar. Al ver esto, las personas comprendieron lo que estaba sucediendo, y sintieron una gran lástima y pena por aquella alma en sufrimiento, a la vez que se acordaban de los datos acerca de la difunta que habían sido omitidos en los elogios de sus familiares. Éstos recordaban que la mujer se había enfermado hacía unos meses y a través de ese tiempo, ni su hijo mayor o su hija menor se molestaron por ayudarla. En el caso de su nieto era lo mismo, pues éste tampoco asomaba su cara por la casa de su abuela. Solo una de sus hijas había sido testigo del dolor de su mamá y de todas las tribulaciones que enfrentó camino a la muerte. Fue ella la que la cuidó, la baño y la acompaño durante ese tiempo, sin que ninguno de aquellos que ahora se inventaban memorias de eventos que no existieron, se molestara por ayudarla a manejar aquella terrible enfermedad. Había sido ella a la que le tocó decir adiós cuando la última noche de vida la mujer deliraba, mientras que ella le administraba medicamentos para mitigarle el dolor.

Caminando hacia la puerta de la iglesia, con un dolor profundo, experimentaba una mezcla de rabia y decepción al escuchar tantas palabras vacías. Ruth sentía que sus familiares le hundían un puñal en el corazón, pues no tenían la decencia de ser honestos con su madre en el último momento, antes de ser enterrada; ya que se había ido para siempre. Ella, la única que estuvo siempre presente, se reusó a decir palabras de elogios, pues sus acciones a través de la vida de su madre y durante aquella enfermedad hablaban del amor y el respeto que sentía por ella. Fue así como el funeral de la mujer llegó a su fin, sin que antes de que la enterraran, sus propios hijos le faltaran el respeto una última vez; pronunciando elogios vacíos, de esos que hablan de grandes acciones místicas en los que las personas que los dicen solo están buscando perdonarse a sí mismos, por las cosas que debieron de haber hecho antes de que el tiempo les quitara la oportunidad. Ruth le pidió en silencio a Dios que los perdonara a la vez que le pedía que le proveyera a ella fortaleza y consuelo para poder perdonarlos por aquellos elogios vacíos de acción y llenos de hipocresía.

Invisible

EL barrio, era un lugar tranquilo en la isla de Puerto Rico. En él vivían, gentes de diferentes estatus sociales y económicos; algunos habían nacido allí, otros se habían mudado desde otros pueblos y/o habían regresado desde el exterior. Los habitantes del lugar se conocían de toda la vida y la relación entre ellos era una de cordialidad, respeto, compañerismo y amistad. En el barrio habitaban familias, de diferentes religiones, estatus políticos (populares, penepes y alguno que otro independentista), había gente rica y pobre y como en todos los barrios de Puerto Rico había un colmado de pueblo y en el mismo se podía comprar todo tipo de víveres, alcohol y hasta algo de ferretería. En su topografía inmediata se podían encontrar quebradas, ríos, lagos, montañas y llanos. En fin, este lugar era un barrio acogedor en la isla.

Al final de la guardarraya del barrio, se podía divisar una casa pequeña con la apariencia de haber sido construida en el siglo pasado, en la misma vivía un hombre de tamaño mediano y piel trigueña, tenía características físicas de los herederos de las razas taíno-española. El hombre se llamaba Filiberto, y era de los menos afortunados del lugar. Había heredado la casa de sus padres, la misma estaba construida de madera y zinc con piso en cemento, pulido de color verde. La casa contaba, con cocina, cuarto, sala y un baño, el cual estaba ubicado fuera de la casa.

En aquel amanecer todo estaba en silencio, durante la noche estuvo lloviendo y Filiberto aun acostado en su hamaca, no quería levantarse, pues las gotitas que caían en el zinc de su casa hacían un sonido que le producía una calma y relajamiento total. Éste estaba acostumbrado a escuchar el ruido de las gotas de agua caer en el zinc, cada vez que llovía. Tendido en la hamaca abrió sus ojos y lo primero que hizo fue tocarse su antemano para buscarse el pulso y luego de unos segundos lo encontró, era un pulso débil pero ahí estaba. Esto contestaba su primera pregunta de todos los días. *"¿Estaré vivo aún?"* La respuesta aquel día era sí. En ese momento, Filiberto se debatía entre levantarse o quedarse meciéndose en su hamaca. En la cocina se podía escuchar una gotita de agua, la cual caía en un cubo en el piso desde un lugar en el techo. Finalmente, se decidió levantarse de la hamaca, vaciar el cubo de agua y luego descolgar la hamaca para guardarla, pues la colgaba en la sala, que era el único lugar con suficiente espacio para extender la misma. Después de haber doblado la hamaca, se dirigió a su cuarto donde la guardaría hasta que llegara la hora de acostarse otra vez. Fue así como comenzó el día de éste, así como comenzaban hacía mucho tiempo.

Unos minutos más tarde, se dirigió al baño a orinar, por duodécima vez desde que se había acostado la noche anterior. Luego de haber orinado, lavó sus manos, su boca, se mojó la cara y se miró en el espejo. Filiberto vio su imagen en el espejo; mirándolo triste y preocupado, por cosas que ya estaban fuera de su control. El hombre salió del baño y ya en su pequeña cocina buscó una olla y en ella puso a hervir agua para colar su café en media. Con su taza de café en mano, el hombre se sentó frente a una de aquellas ventanas que parecían puertas, la abrió, miró alrededor y no vio a nadie. Comenzó a tomar su café y con cada sorbo de este, el sabor parecía abrirle una ventana al pasado, y los recuerdos que lo mantenían vivo.

En un momento sus recuerdos lo llevaron de regreso a su casita; cuando regresaba de su trabajo en los cañaverales. En aquel tiempo estaba joven y con todas sus fuerzas trabajando para mantener a una familia de la que era el patriarca. Como todos los días, llegaba sudado y cansado a buscar un poco de descanso, luego de trabajar arduamente bajo el sol. Llegó a su casa y se encontró con una de sus hijas mayores llamada Esther.

"Mija, tráeme un cacharro[1]." -pidió a su hija Esther.

"Voy ahora." -respondió Esther.

"¿Onde está tu mai?"

"Mai, está lavando en el pozo."

"¿Y anda sola?"

"No, anda con Paco y Luz."

"A pue, entonces tiene quien la ayudé a calgar."

"Sí."

"Bueno, pue búscame el jabón y el boul[2] pa' dilme a bañal al pozo."

"Ya voy."

"¿Y tú porque no estás ayudando a tu mai?"

"Me tocó cocinal hoy."

"¿Y qué cocinaste?"

"Verduras con bacalao."

"Ay que bueno porque estoy esmayao[3]."

"¿Te sirvo ahora?"

"No, déjame bañalme porque estoy sudao y sucio. Lávame la fiambrera pa' mañana."

"Está bien, pai."

Aquel viaje al pasado se interrumpió, cuando el hombre diviso a un niño

---

1. *Cacharro: Vaso rustico hecho con una lata vieja. de agua.*

2. *Boul: Contenedor viejo de manteca o helado usado para echarse agua por encima*

3. Esmayao: *Esmayao: Hambriento.*

que corría por las esquinas de su casa, empujando un aro de bicicleta con una barita de palo para entretenerse. El niño miró hacia la ventana donde se encontraba el hombre sentado e inmediatamente fijo su mirada en el juguete improvisado, como si no hubiese visto a nadie. El hombre semi sonrió recordando cómo algunos de sus hijos habían jugado con juguetes similares a aquel. Aun así, se sintió un poco lastimado, pues aquel era uno de sus bisnietos, y ni tan siquiera se detuvo a pedirle la bendición, algo que lo llevó nuevamente al pasado.

"¡Bendición pai!" -decía el hombre en su niñez a su propio padre.

"Dios te bendiga mijo." -le contestó su papá.

"¿Pa' onde va?"

"Pal colmado a compral leche y pan. ¿Quieres ir conmigo?"

"No, hoy no pai."

"Pue entonces déjame dilme pa' avanzar."

Aquel recuerdo trajo al hombre a aquel doloroso acontecimiento, pues después de ir al colmado a comprar aquellos encargos para su familia, su papá fue asesinado, víctima de una discusión política entre dos hombres del lugar. Según la versión de los testigos, Don Juan venía cargando con sus encargos del día por el medio del camino que lo habría de llevar de regreso a su hogar, cuando aquellos dos individuos comenzaron a dispararse de un lado a otro del camino. Una de las balas alcanzó a Don Juan en el pecho y éste se desplomó a unos pies del camino derramando toda su sangre encima del pan y la leche que llevaba para sus hijos. Aquel doloroso recuerdo recorría la mente del hombre, al recordar como aquel día había perdido a su papá, cuando apenas tenía diez años. Fue así como otro recuerdo le llegó a su mente, pues él estaba sentado al borde de aquella ventana, cuando recibió la noticia de la muerte de su madre María.

"Pai, siéntese que tenemos que hablar." -le dijo uno de sus hijos mayores visiblemente preocupado por las palabras que habrían de salir de sus labios.

"¿Qué pasa?" -preguntó el hombre un poco nervioso.

"Pai siéntese que, lo que vienen son malas noticias."

"¿Dime mijo, dime quien fue?" -preguntó Filiberto angustiado.

"¡Tienes que ser fuerte viejo!"

"¿Quién fue mijo?"

"Mamá María se nos fue hoy."

Al escuchar la noticia, el hombre se levantó de su sofá, se paró frente a la ventana y levantó las manos al cielo mientras dejaba escapar gritos de dolor. Gritaba el nombre de su madre, se agarraba la cabeza como para intentar arrancarse aquel dolor de su mente y manoteaba descontrolado mientras que sus hijos lo abrazaban para no dejarlo desvanecer. No era todos los días que se le tenía que comunicar a un anciano de setenta años de que se había convertido en huérfano por última vez. Todos sabían lo duro que habría de ser el encontrarse en semejante situación a tan avanzada edad.

Un perro ladró de repente y Filiberto regresó al presente, aun sintiendo el vacío de la orfandad en su pecho. Había pasado tanto tiempo y aun aquel sentimiento de añoranza por sus padres estaba allí. Ya eran las once de la mañana y el hombre aun sentado en la ventana recorría por su mente las partes de las historias que componían su vida. Luego de unos momentos, se levantó de aquel sillón al lado de la ventana y se dirigió a su batey[4] con una bolsita de purina de pollos y maíz picado para alimentar a sus gallinas, y a los pollitos que estaban criando. Ya en frente de las jaulas abiertas, Filiberto, pensativo, miraba alrededor buscando a alguna gallina u otra ave para tirarle un poco de alimento. Cuando ya había terminado de regar los alimentos de sus gallinas, el hombre se fue a sentar al lado de un árbol de flamboyán donde éste tenía un banquito improvisado. Allí, sentado mascando tabaco de hoja, observó como una gallina seguida por unos pocos pollitos se acercó a comerse la purina y el maíz que él había regado. Por pocos momentos se entretuvo mirando una de aquellas gallinas, que por ocasiones lo había alimentado a él y a sus hijos. Luego miró a su alrededor, el verdor del lugar, y nuevamente los recuerdos vinieron a su memoria. Sentado bajo la sombra del viejo flamboyán, recordó a su hijo Paco jugando al gallito. Éste era un juego típico de los niños pobres del lugar, el cual se jugaba con dos semillas secas de algarrobas perforadas por el medio y amarradas con un hilo de nilón. El juego se componía de los niños tomando turnos dándole golpes al

---

4. *Batey: Patio*

"gallito" del otro. El primero que rompía el "gallito" del contrario ganaba el juego.

"Estás haciendo trampa." -le decía su hijo Paco a otro niño.

"¡Oh no!" -negaba el otro.

"Déjame ver tu gallito."

"Yo estoy jugando legal."

"Pues déjame ver tu gallito."

"Que no, yo no hago trampas."

"No sea embustero[5] , enséñame."

"¡Que no!"

Paco se levantó y trató de agarrar la mano de aquel otro niño y comenzaron a empujarse uno al otro. El hombre los interrumpió:

"Paco deja de estar peleando."

"Papá, él me está haciendo trampa." -se quejó Paco.

"¡Oh no!" -exclamo el otro niño.

"Comoquiera que sea déjense de estar peleando que ustedes son amigos."

"Es un tramposo."

"Yo no hice trampa."

"Enséñame tu gallito pa' vel."

"No te voy a enseñar na'."

El otro niño salió corriendo en dirección a su casa, mientras que el hombre volvió a regañar a su hijo y lo aconsejaba acerca de cómo lidiar con el tramposo, sin recurrir a la violencia física. El tiempo trascurría y Filiberto seguía

---

5. *Embustero: Mentiroso*

sentado bajo el flamboyán, donde se sentaba diariamente por muchos años. Ya era mediodía y el calor era insoportable, el hombre se paró del banco y se dirigió a la casa. Entró por la cocina y ya en esta respiró profundamente, para darse ánimos de cocinar para él solo, pues por muchos años había sido él quien cocinaba para todos. Esa realización lo llevó a recordar los muchos días en que tuvo que hacer esfuerzos para aprender a cocinar, luego de que su esposa falleciera repentinamente.

"Pai, esta comida no sabe cómo la de mai." -decía uno de sus hijos.

"Yo sé mijo, nadie cocina como tu mai."

"Es que no sabe igual."

"Yo sé, pero es lo mejol que puedo hacel. La que me está enseñando a mí es Silvia."

"Silvia, no cocina como mai."

"Nadie cocina como tu mai, pero estamos jaciendo lo que se pue."

"Yo quiero que mai venga."

"Yo también quisiera mijo, yo también..." -respondió Filiberto fijando su mirada en el suelo para esconder su tristeza.

La muerte de su mujer había dejado al hombre viudo y con la responsabilidad de criar a sus hijos, algo en lo que él no tenía ninguna experiencia. Al principio, sus hijos mayores ayudaron con la crianza. La hija mayor en la cocina, y con los quehaceres del hogar; y los varones a sostener a los demás económicamente. Con el tiempo el hombre se acostumbró a su nueva realidad, aprendió a cocinar, a lavar, fregar y hasta a peinar el pelo de sus hijas por la mañana, antes de mandarlas a la escuela. Las sentaba en línea en la escalera que salía de su hogar y comenzaba con su hija menor, para que así su hija mayor le ayudara a completar la tarea de mandar a aquellas niñas a la escuela de una manera presentable. Por los primeros meses el hombre tenía la ayuda y el apoyo de sus hijos mayores, pero al pasar el tiempo se fue quedando solo. La hija mayor, se fugó por una de las ventanas con su novio sin tener el valor de pedirle la bendición de padre, para comenzar su propia familia. Un poco más tarde el gobierno le asignó una ama de llaves para aliviarle la carga y pudiera seguir trabajando. Eso no duró mucho, pues la mujer no recibía buena compensación y abandonó aquella tarea para buscarse un mejor empleo. Después de esto los hijos mayores terminaron abandonando la escuela completamente y participaron en las tareas de crianzas, pero al fin ellos también se fueron casando y formando sus propias familias; lo cual habría de limitar la cantidad de tiempo en que podían ayudar al hombre con la crianza de sus hijos e hijas menores.

Ya solo con sus hijos e hijas menores, Filiberto tuvo que ajustar todas las rutinas de su vida. Comenzó por dejar de ir al bar del barrio a tomar como lo solía hacer. No había tiempo, ni tampoco dinero para emborrachar la realidad de su vida. Abandonó toda pretensión de libertad, pues ya no tenía tiempo para otra cosa que no fuera la crianza de sus niños pequeños. Así se le consumieron los últimos años de juventud que le quedaban; y entre trabajar, cocinar, lavar y tratar de ayudar a sus hijos con las tareas de la escuela, se puso viejo. Y en lo que pareció un momento sus hijos e hijas menores también crecieron, se casaron y formaron sus propias familias convirtiéndolo en abuelo al fin.

Al principio, los hijos y las hijas le traían los nietos para que los viera y compartiera con ellos. Aun así, el tiempo y las responsabilidades de éstos continúo creciendo como sus familias, lo que los empujaba a dedicarle menos tiempo a Filiberto, de lo que estaban acostumbrados. Entre tantas responsabilidades sus hijos comenzaron a olvidar el camino a la casita en la esquina del barrio. No había llamadas telefónicas, pues la casita no contaba con un teléfono. Poco a poco llegó la rutina de la soledad la cual el hombre trató de evitar implementando cambios en su rutina. Aun así, en su vida de viejo, viudo y soltero terminó quedándose huérfano de hijos.

En aquellos días trató de recuperar algo de su juventud y se dirigió a la barra a darse unos tragos y buscar la compañía de otras personas, como lo hacía en su juventud. Al entrar al lugar después de tanto tiempo se sintió todo un extraño en aquel sitio, donde había gastado interminables horas emborrachando sus desesperadas pobrezas. Filiberto se sentó, miró alrededor y no reconoció a nadie de sus tiempos de bohemio. Luego abordó al camarero y le pidió un trago:

"Dame un palo de Llave[6]."

"¿Llave?"-preguntó el mesero confundido.

---

6. *Llave: Ron Local de P.R..*

"Un palo de ron Llave hombre."

"Ron Llave no se vende aquí, solo Don Q, Palo Viejo o Bacardí."

"¿Cómo que ya no se vende ron Llave?"

"Eso hace un bando de año que no se ve por estas partes."

"¿Y cuál es el mejor de to esos nuevo?"

"A la gente le gusta el Bacardí, pero el ma' que se vende es el Palo Viejo."

"¿Y por qué se vende ma'?" -preguntó Filiberto.

"Debe sel porque es el ma' barato."

"Pue dame un palo de ese que yo no soy rico."

"¡Enseguida!" -exclamó el camarero.

Luego de pasarse unas horas en la barra observando a los patronos del sitio escuchando música, jugando billar y estableciendo conversaciones esporádicas, Filiberto pidió su cuenta y se regresó a su casa, al analizar que aquella vida, ya no era para alguien de su edad. Había pasado tanto tiempo desde que la muerte de su esposa lo había alejado de aquellos lugares, que ya no se encontraba cómodo rodeado de borrachos y bochincheros. Aun así, la soledad lo empujaba a buscar algún contacto humano y se decidió a buscar de Dios, para ver si éste lo acercaba más a los vivos que a los muertos.

Al entrar a la iglesia por primera vez desde la muerte de su esposa, el hombre se sintió perdido en los pecados de su propia hipocresía, ya que él no estaba allí buscando contactos divinos con Dios, sino que contactos con algún otro ser humano que respiraba y sentía igual que él. Los feligreses de la iglesia trataron de hacerlo sentir a gusto en aquel templo y él trató de establecer relaciones con ellos, pero no pudo. Trató de ofrecerle a Dios la fe que su mamá María le había instigado desde niño, pero no pudo. Tenía tanta rabia por la forma en que había perdido a su padre y a su esposa que no sentía que podía perdonar a Dios, por habérselos quitado de tal manera. Por esas razones decidió no regresar y arrodillarse frente a la gente buscando el perdón de un Dios, que él no perdonaba. Después de todo lo que necesitaba era a sus hijos y al parecer estos solo se acordaban de él una vez al año, en el día de los padres. En cada uno de estos días lograba ver a sus seres queridos y hasta a conocer a nietos a los que nunca había tenido el gusto de ver. Era por eso por lo que Filiberto solo marcaba un día en su calendario de hojas; el tercer domingo de cada junio.

Repasando todas estas memorias, le llegó la tarde y nuevamente salió de su casa a sentarse debajo del árbol de flamboyán. Allí sentado con su radio portátil escuchó la música del momento, la cual no le agradaba mucho. También se enteró de las mentiras que hablaba la clase política, las cuales le habían repetido por casi noventa años de vida. Y como siempre las promesas de cambios y progresos, no tenían sentido para él. El único cambio que él había visto fue ver como el progreso del barrio lo había empujado con todo y su casa a aquella esquina del mundo dejándolo atrás como al mismo pasado. Así se pasaba todas las tardes desde hacía mucho tiempo atrás, sentado al aire libre, mascando tabaco y observando gallinas, en la rutina del bullicio de los torbellinos de su memoria.

Ya llegada la noche entró a su casa otra vez, se bañó y se hirvió un guarapo[7] de hojas de china secas para aliviar unos problemas estomacales que lo traían agobiado por mucho tiempo. Luego se sentó en la ventana a volver a mirar como el sol descendía en el horizonte, anunciando la llegada de la noche. Observó a las gallinas volver a treparse en los árboles y entrar a sus jaulas para acostarse a dormir, a salvo de cualquier depredador nocturno, y escuchó como el coquí comenzó a cantarle serenatas a la luna, esperando que esta lo recompensara con lluvias para aplacar el calor caribeño al que había estado sujeto el día entero. También observó como las luces de las casas alrededor se iban apagando una a una para darle los pasos al sueño de la noche. Filiberto se levantó y cerró la ventana para él también prepararse para dormir.

Unos segundos más tarde entró a su cuarto, dispuesto a buscar su hamaca para colgarla nuevamente en la sala. Al mirar hacia una esquina alcanzó a ver un baúl, donde tenía guardados todos los artículos importantes de noventa años de vida. Distraído por el baúl puso la hamaca en una esquina, se arrodilló frente a este y lo abrió. Tenía allí perfumes y pañuelos, que sus hijos le habían regalado a través de los años. También tarjetas de calificaciones escolares y tarjetas de las que sus hijos le habían obsequiado en los días de los padres. En fin, todas las memorias de una vida. En un momento pensó en todos los días de los padres en que le habían traído tanta cosa,

---

7. *Guarapo: Te*

y un dolor en su pecho le avisó que sentía el vacío del abandono. Entre este y otros pensamientos logró divisar el tesoro más valioso en aquel baúl, una foto de su esposa a la que el tiempo ya comenzaba a borrarle su color e imagen.

Mirando aquella foto dejo escapar una lágrima, recordando a aquella mujer trabajadora y sacrificada a la cual siempre amó sin reservas y a la que también había perdido repentinamente para convertirse en el eterno viudo. Nunca vio la necesidad de volverse a casar, pues a su entender nadie habría de remplazar a aquella mujer. En aquel momento se aferró a la idea de que solo había estado vivo en el pasado cuando, su esposa también estaba viva y entre sacrificios y algunos momentos de felicidad los dos disfrutaban de su matrimonio. Aquella fotografía ya casi borrada por el paso del tiempo era para aquel hombre su conexión con su propia existencia. Luego de mirarla por unos momentos besó la foto, le dijo las buenas noches como lo hacía siempre, la regresó al baúl y salió a la sala a colgar la hamaca. Ya con su cama colgando el hombre se fue a su pequeño baño, se lavó la cara y se miró en el espejo opaco que tenía allí. Mirando su rostro fijamente en el espejo observó que su reflexión estaba borrosa y triste. La desesperación que sentía de estar tan solo le causó un momento de dudas existenciales y se puso a pensar, en el vano esfuerzo de estar vivo si al parecer nadie lo veía ya. En aquel momento se dejó convencer de una idea absurda mientras se miraba al espejo.

"¿Será que el tiempo me está desapareciendo? A lo mejol por eso es por lo que ya mi familia no me busca. No es que están ocupaos, es que no me ven. Mi madre, ¿Será que me estoy borrando con los años como la foto de mi mujel? ¡Eso es, me estoy desapareciendo con el pasal del tiempo!"

Terminando de hacer aquella loca reflexión acerca de su vida en aquel momento, el anciano apagó la luz y se fue a acostar decepcionado, esperando que en la mañana pudiera encontrarse nuevamente su pulso débil, para así darle comienzo a otro día más en aquella eterna soledad del abandono. Fue así como antes de dormirse con aquel vació en el pecho, pensó en lo irónico que sería que el día en que sus hijos se acordaran de que aún estaba con vida; sería el día en que el tiempo lo desapareciera por completo, o cuando ya nadie le pudiera encontrar el pulso...

La Espera

DESPUÉS DE UNA LARGA noche, un nuevo día había comenzado. A lo lejos se escuchaba el cantar del gallo anunciando el amanecer. Los rayos del sol ya comenzaban a calentar en la pradera y mientras este subía por el horizonte iba calentando todo a su alrededor. El calor se sentía sofocante y pegajoso adentro de la casa. En la misma se encontraban varias personas, dispersas por las diferentes habitaciones, algunos sentados en los sillones de la sala, en las sillas del comedor o en las otras habitaciones. Todos reunidos allí para el desenlace, aunque ninguno de ellos quisiera estar allí realmente. Ya estaban exhaustos por la espera. El calor los sofocaba y la incomodidad que les producía el sudor era algo que algunos de aquellos no estaban acostumbrados a sentir. El abanico de techo en la sala se movía lentamente, produciendo más ruidos que aire y en la cocina otro abanico de mesa decía que no constantemente, como quejándose de que el trabajo que le habían dado era imposible de hacer. Para completar los mosquitos se paseaban por las diferentes habitaciones, picando y volando cerca de los oídos de las personas que estaban allí.

Dentro de la habitación principal, se encontraba Manuel convaleciendo en su cama, la cual estaba tendida con sabanas que en algún momento fueron blancas, las mismas fueron provistas por el hospital a la familia para manejar los últimos momentos de vida del enfermo de manera digna. Las sábanas se encontraban manchadas de sudor y de medicamentos que de vez en cuando Manuel había dejado caer. Las luces lucían amarillentas y opacas como para reflejar la situación en aquella habitación. Los olores peculiares del alcoholado Baluarte Setenta, Agua Maravilla, Manteca de Ubre de Vaca y Vaporub inundaban el lugar. El abanico de techo se movía lentamente. En el aposento se sentía la impotencia de ver a aquel hombre que había regresado a su casa después de que unos días en el hospital, donde le realizaron miles de estudios que confirmaron la sospecha de la familia, Manuel se estaba muriendo de un cáncer terminal. Sus hijos trataban de mantenerlo cómodo, mientras el dolor pasajero de la muerte lo arropaba lentamente. Cada uno de ellos pasaba frente a la cama y al parecer todas hacían la misma pregunta:

"Papi ¿estás bien?"

Manuel, con los ojos abiertos, pero sin las energías para hablar, movía su cabeza lentamente para afirmarles que todavía estaba con vida. Luchaba con aquella enfermedad con una tenacidad admirable; sin embargo, aún él mismo sabía que al cáncer nadie lo vence en la etapa en la que se encontraba. Y aunque sentía un dolor intenso en todo su cuerpo, no se podía comparar con el dolor que experimentaba al ver a su familia sufrir por él. Lo único que podía hacer por ellos era morirse, lo cual él tampoco quería. Entonces se resignó a la idea de aguantar el dolor lo más que pudiese para compartir un poco más de tiempo con aquellos, que eran pedazos de su alma, a los que dejaría atrás en el momento que diera su último suspiro.

En la sala se encontraban los hermanos del enfermo, tres mujeres y un hombre el cual era su hermano gemelo. Todos se encontraban esperando sus turnos para ir a la habitación principal y decir adiós de la forma que lo habían ensayado, pues de frente a la muerte de un ser querido nadie sabe cómo lidiar con la misma; y para ellos era difícil enfrentar aquel momento normal en el que se define vida de un ser humano. Las hermanas estaban sentadas en el sofá, mientras que su hermano Samuel estaba sentado en un sillón pequeño. Éste último se encontraba con la mirada clavada en el suelo donde a cada momento las lágrimas que escapaban de sus ojos caían. Allí sentados todos se miraban entre sí y se podía notar como el calor, el sudor y el peso de aquel momento los agobiaba. En la mesita del medio de la sala había cuatro tazas de café vacías y algunas galletas de soda a medio comer, parecían haber estado allí por mucho tiempo, después de que aquellas personas se habían animado a comer algo durante su larga espera. De los cinco seres que había allí, cuatro estaban sentados en los dos muebles, y en una esquina un anciano parado en silencios. Las personas sentadas en el mueble hablaban de lo que transcurría en la habitación en voz baja como si fuese un secreto que el Manuel se estaba muriendo.

"Dicen que ya ni abre los ojos." -dijo Ana con tristeza.

"¡Ay bendito! Que Dios lo favorezca y lo acompañe." -contestó Dominga su hermana.

"Tanto sufrimiento que él no se merece." -comentaba Samuel el gemelo del enfermo.

"¡Nadie! se merece esto." -exclamó Olga, otra hermana del enfermo."

"¡Nadie! se merece esto." -repitió Jaime con sus manos en la cabeza.

"Dios sabe lo que hace." -dijo Ana.

"A veces parece que no." -dijo Samuel con tristeza.

"¿Cómo te atreves a dudar de Dios en momentos como este?" -preguntó Dominga, levantando la voz.

"Ustedes, no saben cómo se siente cuando se te está muriendo la mitad de tu alma." -respondió Samuel, el hermano gemelo con un dolor profundo reflejándose en su rostro.

"Es nuestro hermano también." -respondieron Ana y Dominga a la misma vez.

"No es lo mismo. Yo sé que él es también su hermano, pero para mí él es la otra mitad de mi alma y el dolor que siento no lo puedo explicar ni excusar con la fe que ya no tengo."

La conversación entre los hermanos continúo, mientras que en la esquina de la sala el anciano observaba todo sin decir ni una palabra y sin que nadie reconociera allí su presencia. Éste sonreía levemente al ver como aquellos hermanos se debatían uno con el otro; sin darse cuenta de que era el sufrimiento y el amor por su hermano lo que los había traído a aquel lugar, para compartir los últimos momentos con su hermano que estaba prácticamente condenado a morir. Él no experimentaba la misma tristeza, sin embargo, nadie lo hubiese escuchado si lo hubiese mencionado. A él solo le causaba alegría que su familia era tan unida como debería de ser.

En la cocina se habían reunido la gente joven de la familia, nietos del moribundo y los primos de estos. En el fregadero se acumulaban los trastes sucios que contaban la historia de las últimas horas, eran un recordatorio de lo que estaba pasando en la casa. Ninguno de los allí presente se tomaba la molestia de lavar los trastes[1] usados, los cuales eran recorridos por alguna que otra mosca buscando algo que comer. Esto era como un recordatorio de que allí se encontraban más personas que de costumbre y el hecho de que ninguno de estos jóvenes se había animado a fregarlos era un cambio de perspectiva obvio, para todo aquel que había nacido una generación atrás. Otra vez en silencio, el anciano parado en una esquina observaba a aquella su tercera generación lidiar con la posibilidad de una muerte inmediata, sin contar con las experiencias de sus padres. Todos reunidos allí hablaban sin mirarse, con sus caras iluminadas por sus teléfonos celulares, sin tacto humano. Musitaban palabras acerca de lo que les intrigaba y ninguno parecía reconocer que en la esquina de la cocina el anciano observaba con su mirada calmada y con una serenidad casi inhumana ante la situación.

"Abuelito está muy mal, yo no creo que pase de esta noche". -mencionó su nieto Kevin sin quitar su vista del celular.

"¡Ay no digas eso por Dios!" -contestaba Karla a la misma a vez que se tomaba una foto para su muro de la red.

"Es que no hay nada que se pueda hacer." -insistió Kevin.

"Hay que esperar, solo se puede esperar." -dijo Karla.

"Hay que orar, a lo mejor Dios lo cura." -comentó Juliana.

"Dios ya hizo lo que podía hacer." -añadió Kevin.

"No comenzamos con la conversación de Dios, cambiemos el tema por favor." -dijo Karla levantando la voz.

"Si es mejor que no hablemos de religión ni na' de eso, algunos de ustedes son medios ateos." -insistió Juliana.

"¡Vamos a dejarlo ahí!" -exclamó Kevin.

---

1. Trastes: Platos y vasos.

"Si es mejor así." -finalizó Karla.

Los jóvenes continuaron hablando de todo y eventualmente se olvidaron del abuelo, para hablar de las últimas películas que habían visto; lo que sus amigos habían escrito en Facebook e Instagram y también lo que ellos habían logrado a través de las redes sociales, que en aquel momento definía como era la vida de ellos. Al parecer vivían más en un mundo virtual que en el mundo real. La inmadurez y la inexperiencia lidiando con situaciones como la de su abuelo eran obvias para el anciano, que en silencios analizaba como a esa etapa de su vida ya él era un niño-hombre de trabajos, sin tiempo para distraer su realidad con pendejeces que solo la juventud de este momento entendía. En su tiempo sus amigos eran reales, no virtuales. Las discusiones y las peleas eran físicamente y no en espacios cibernéticos. Él entendía que esto contribuía a una sociedad que estaba llena de virtualidad y falta de virtudes. Aun así, el anciano no dejaba de sonreír, pues él no estaba allí para entender cosas que ya estaban fuera de los alcances de su vida.

Afuera en el balcón, los vecinos del hombre que estaban sentados en unas sillas de patio hablaban de sus memorias de Manuel como si ya estuviese muerto. Algunos miraban al horizonte analizando el momento y los otros se miraban entre si mientras fumaban cigarrillos para apaciguar la intensidad del momento. Nuevamente en una esquina el anciano observaba conmovido como aquellas personas envueltas en la preocupación de lo que no se puede cambiar, honoraban a aquel su hijo moribundo haciendo actos de presencia. Al anciano se le conmovía su alma, aunque nadie le dijo y ni le preguntó nada en el momento que estuvo allí.

"Manuel es un buen hombre y no se merece morir de esta manera." -declaraba un vecino.

"La verdad que sí, él siempre fue un hombre recto y decente." -comentaba otro vecino.

"Yo lo conozco desde que éramos niños y hasta soy padrino de Nilda, su hija mayor. Mi compadre es un hombre ejemplar." -dijo Juan su compadre y amigo del alma.

"Es que no se acuerdan de quien es su papá." -dijo uno mirando en la dirección adonde el viejo estaba parado.

"¡Como no! ¿Quién se puede olvidar de la casa y las historias?" -comentó Juan.

"Todos nosotros crecimos con él." -dijo Néstor.

"Y la vieja también, una mujer recta y decente." -afirmó Néstor.

"Por eso es por lo que Manolo es el hombre que es." -se unió a la conversación Matías.

"Y por eso es por lo que estamos aquí, no importa el tiempo que tome yo quiero estar aquí para decirle adiós como él se merece." -dijo Juan con lágrimas en sus ojos.

En la esquina, el anciano aún sonreía desafiando aquel triste momento y estremeciéndose al escuchar como aquellas personas honraban a su hijo al mismo tiempo que los honraban a él y a su esposa. El anciano pensó en todos ellos cuando eran niños a los que él había entretenido con historias fabulosas de juegos de pelota con un guante que pesaba seiscientas libras y jonrones que alcanzaban kilómetros de distancia para poder mirar en sus caras el asombro y la incredulidad que causaban sus fabulosas historias. Para aquel tiempo, la red social no existía y la televisión aburría, así que él se encargaba de proveer momentos de verdadero entretenimiento a chiquillos como su hijo. Muchos de estos amigos de su hijo escuchaban aquellas historias mientras esperaban por el chico antes de irse a jugar alrededor del barrio.

En el horizonte, el sol comenzó a descender para darle final a aquel largo día y a la jornada de trabajos de este en esta esquina del mundo. La noche había llegado luego de un día que parecía haber sido eterno. En el monte los grillos y los coquíes comenzaron con sus alborotos de rutina. El sereno trajo alivios al calor dentro de la casa mientras todas las personas se movían de un lugar a otro. Habían sobrevivido el calor, el sudor y la desesperación que se siente en una espera interminable. En el cuarto el enfermo comenzó a sentir los estragos de la muerte y las personas comenzaron a entrar a la habitación a ver como todavía peleaba con el cáncer sin intención de rendirse en aquella batalla que estaba próximo a perder. Manuel abría y cerraba los ojos mientras que su cuerpo se movía involuntariamente y unas lágrimas de dolor se disparaban de sus ojos. Sus hijos lloraban ante la desesperación que produce la impotencia y sus hermanos lloraban desconsoladamente en una esquina por la misma razón. Mientras que al lado de la cama su hermano gemelo aguantaba una de sus manos tratando de mantener a aquella mitad de su alma con vida. Todos en el cuarto estaban conmocionados con el delirio del hombre y con el vacío que se siente ante situaciones como estas.

Manuel todavía daba la batalla, por mantenerse al lado de su familia y peleaba por recalentar un cuerpo que ya comenzaba a enfriarse. En sus delirios llamó a Dios y le pidió por un milagro. Unos segundos más tarde observó como su padre se pasaba entre la gente y se paraba frente a él. Al mirar esto el hombre dejo de pelear por su vida al observar el rostro de su papá y notar que éste sonreía ante la posibilidad de reunirse con su hijo nuevamente; unos cuarenta años desde que él había dicho su último adiós. Manuel miró a su padre firmemente y comprendió que, en aquel momento, él habría de comenzar sus caminos eternos de la mano de este. Al mirar alrededor logró contemplar a la familia, que dejaba atrás mientras que su viejo, que era la familia que había perdido tanto tiempo atrás, regresaba a buscarlo. Manuel sintió la mano de su papá tocar sus manos y como este le arrancaba su alma a aquel cuerpo enfermo. De inmediato dejo de sentir todo dolor, al mismo tiempo que una abundante paz invadía su alma ya sin cuerpo y lo lleno de una sensación de serenidad absoluta. En aquel sensible momento en el que todos comenzaron a sollozar y gritar adentro de la habitación, el anciano abrazó a su hijo y le susurró a los oídos del alma:

"Mijo, te he estado esperando todo el día, y lo que he observado aquí me ha llenado el alma de orgullo por lo que hiciste a través de todo tu tiempo; lo que queda demostrado en el amor que esta gente tiene por ti. No te preocupes que ni la vida, ni el dolor son eternos y hoy comienza tu merecido descanso."

"¿Y de mis hijos qué?" -preguntó el Manuel ya liberado del dolor de la muerte.

"Algún día regresarás por ellos."

"¿Cómo lo hiciste tú?" -preguntó Manuel mirando a sus hijos.

"¡No!"

El anciano, señalo una puerta que se abría en el horizonte, la cual los llevaría a una vida eterna. A través de la puerta, Manuel pudo ver a su madre, sus abuelos y sus personas más queridas que se habían ido a través del tiempo esperando por él. Fue de este modo como comprendió que después de una vida de hombre luchador y decente, ni el cáncer, ni los sufrimientos, ni la misma muerte habrían de impedirle llegar a la mejor versión de su propio paraíso.

Templos

EL CALOR, en el verano, era insoportable, y el mes de julio solía ser seco, húmedo y demasiado caluroso. El sacerdote de la iglesia católica, Padre Tomás pensaba: "El nombre del barrio Los Infiernos en Puerto Rico le hace honores a su nombre, el calor de este día está insoportable." Luego dijo en voz alta *"Dios mío el calentón es tanto, que da la impresión de que se puede freír un huevo en el pavimento y lo único que habría de faltar es la sal para comérselo sin titubear"*. La gente del barrio se escondía del sol, debajo de la sombra de los árboles o simplemente no salían de sus hogares a menos que fuera necesario. Así era la rutina en este barrio donde los únicos que se podían observar afuera eran los niños del lugar que al parecer eran inmunes a aquel calor infernal, que envolvía al pueblo en sudores de desesperación. Luego de observar todo a su alrededor, el padre sonrió al ver a los niños jugar bajo un sol candente, y dijo en voz alta: *"Si ellos son inmunes al calor."*

Entró a la iglesia católica, miró todo a su alrededor y luego se dirigió a un banco de la iglesia, se sentó con la mirada fijada en el suelo y los dedos cruzados. Estaba esperando visita, una que había tratado de evitar por varios años y a la que ahora tendría que atender. El padre se había levantado temprano después de una noche en la que solo dio vueltas en la cama sin poder dormir. Se levantó a las tres de la mañana para ir a orar frente al púlpito de la iglesia, donde había dirigido las misas y hablaba sobre las obras de Dios, por más de dos décadas. Él solamente le pedía a Dios, la fuerza espiritual y la paz para lidiar con el itinerario del día, que iba llegando mientras no encontraba el sueño. Todavía se le hacía difícil aceptar la decisión del obispo, pero él no era quien para evitar lo inevitable. En aquella calurosa tarde ya estaba rendido a la voluntad de Dios y de los poderes que mandan lo que ellos quieren sin pedirle permiso al Dios que sirven. Mientras miraba el suelo buscando ponerles finalidad a sus propios deseos de seguir su misión, recordaba de la manera en que había recibido la noticia final en una carta sin tacto.

"Padre Tomás lamentamos mucho informarle que su petición ha sido nuevamente negada por el arzobispo, al mismo tiempo le queremos ofrecer las más sinceras gracias por sus años de servicio a la causa de Dios. Esta decisión es final y la iglesia no accederá a ninguna apelación. En unas semanas le hemos de informar de los por menores de su retiro y también le hemos de enviar a su sustituto para que así éste continúe la obra de Dios en el barrio Los Infiernos. Esperamos en Dios que esta decisión final no afecte su fe en Dios y su iglesia. ¡Que Dios lo bendiga!"

Al terminar de leer la carta, el padre decepcionado se dejó llevar por sus sentimientos humanos y comentó: *"Hijos de puta, después de que les di mi vida en servicio de Dios me pagan de esta manera."* Solo él y Dios sabían que él solo deseaba servirle a Dios para conectar a aquel barrio lleno de supersticiones con el perdón y el amor que Dios ofrecía. Y hoy, mientras esperaba a su sustituto, sentía el vacío de la decepción de saber que lo que deseaba como siervo no valía ni mierda para un obispo que nunca había abandonado su oficina de aire acondicionado para pisar aquel caluroso infierno, como lo era este barrio. Ahora era este come mierda el que tomaba la decisión final de la carrera de un verdadero siervo de Dios, como lo era él.

Todavía sentado con su mirada triste, fijada en el suelo, el sacerdote observó como una hormiguita batallaba cargando un pedacito de pan que parecía ser más grande y pesado que ella y pensó en las maravillas de Dios al ver como aquel insecto luchaba con aquel alimento. De la misma forma había luchado él para quedarse frente a lo que quedaba de su congregación, a la que había servido y guiado por mucho tiempo. Solo que a la hormiguita le estaba saliendo todo mejor que a él. Distraído en ese pensamiento esporádico, el cura se resignaba a perder la dirección de la congregación y del templo, que él había construido con sus propias manos, unos años después de haber llegado a aquel barrio, cuando un huracán se llevó la vieja iglesia construida de zinc y madera.

El padre Tomás, aún estaba en los comienzos de su obra cuando, aquel fenómeno atmosférico se había llevado el templo. En aquellos tiempos la iglesia católica no podía autorizar la construcción de otro templo, pues entre este y otros templos que habían sido arrastrados por el viento, había algunos donde los feligreses contaban con mejores situaciones económicas y habría que darles prioridad como lo demandaba Dios. Al principio, el padre trató de hacer los cultos afuera bajo un toldo de lona y cuatro palos que le servían de columnas a aquella iglesia improvisada. Aun así, el calor era demasiado intenso y los feligreses que asistían a este tipo de misa informal se corrían el riesgo de conocer a Dios antes de tiempo, pues el calor constituía un gran riesgo para aquellos feligreses de avanzada edad. El sacerdote entendió que era necesario tomar precauciones y canceló las misas, de manera que ninguno de sus feligreses se sintiera obligado a asistir.

Al pasar unos días se comunicó con el obispo del pueblo y le planteó la idea de recaudar fondos a través de actividades y ventas de comidas. El obispo aceptó con la condición de que ni una décima del diezmo sería usada para los materiales de construcción, pues ese dinero era de Dios y con eso no se podía hacer excepciones. El padre Tomás accedió a la condición y se dispuso a la obra de reconstruir el templo de Dios al igual que Jesús lo había hecho un día. Luego de unos días ya se había comunicado con diferentes feligreses que habrían de ayudarlo con los diferentes aspectos de aquella tarea. Doña Lila y Doña Tita, unas ancianas del lugar, habrían de ser las cocineras de los almuerzos que el padre había ofrecido en las diferentes fabricas del pueblo a un costo razonable. Esas dos mujeres tenían una fama legendaria de cocinar, las mejores comidas que alguien hubiese comido en aquel barrio y los trabajadores de las fábricas de seguro habrían de apreciar aquellas buenas manos para la cocina. Don Marcial sería el repartidor de comidas y el colector de dinero; y Doña Candelaria haría de función de tesorera.

El Padre Tomás, tomó los pocos ahorros que tenía en su posesión y los gastó en los primeros productos para cocinar. Con Dios por delante esta incursión terminaría con un templo de cemento donde una vez había estado el de madera. Después de hacer la primera inversión en aquellos productos, se ocupó de contactar a las personas que habrían de ayudarlo con la construcción de aquel nuevo lugar de adoración. Habló con algunos albañiles del barrio para contar con sus servicios en la obra de Dios. A su llamado respondieron Herminio, Secundino y Don Pedro. Todos estos hombres eran expertos en la profesión de construir casas y para construir la casa de Dios sus servicios serian gratuitos. Al proyecto se unieron diversas personas que habrían de ayudar con todas las preparaciones y hasta con la mezcla de cemento para las diversas facetas de la construcción.

Mientras el Padre Tomás aseguraba la cooperación de los vecinos del barrio, la venta de comida iba a toda velocidad. Los trabajadores de las fábricas habían probado el sazón de la comida de Doña Lila y Doña Tita, y habían quedado encantados con los deliciosos sabores. Esto causó que la demanda por aquellos alimentos creciera rápidamente, lo que forzó a las dos ancianas a buscar la ayuda de Doña Rosa, otra mujer que tenía fama de buena cocinera. Con la ayuda de ésta última las ventas de alimentos continúo creciendo en demanda y el dinero que generaban era más que suficiente para comprar las varillas, las piedras, la arena, los bloques y el cemento que se habría de usar en la construcción. Con el pasar de unas semanas la obra comenzó oficialmente, cuando el Padre Tomás y sus trabajadores arrancaron los últimos pedazos de la antigua iglesia y comenzaron a hacer los hoyos para las columnas de cemento que habrían de sostener el nuevo edificio.

Bajo el eterno infierno de aquel verano caribeño, el padre y sus voluntarios trabajaron por varios meses para edificarle a Dios un templo digno de su amor. En aquellos meses, el calor causó estragos en los peatones voluntarios y más de uno de ellos término en el hospital del pueblo después de haberse desmayado bajo temperaturas sofocantes. Aunque nadie murió durante el proyecto, algunas personas se quejaban en secreto del sacerdote, pues sentían que sus deseos de construir el nuevo templo era un acto caprichoso de él.

"Tanta mierda, un templo es un templo." -comentaba uno.

"Él lo que quiere es dar la misa más cómodo." -comentaba otro.

La verdad era que el cura solo pensaba en la obra de Dios y en el bienestar espiritual de su congregación. Nunca se detuvo a pensar en sí mismo ni en la conveniencia que un nuevo templo le ofrecía. Nada más quería que la gente del barrio tuviera una línea de comunicación con Dios que fuera segura para resguardarlos de los percances del tiempo y los caprichos de la naturaleza. El sacerdote solamente vivía para servirle a Dios y a sus feligreses, y esa era la forma en que su vida encontraba significado, por lo cual se podía decir a sí mismo que estaba viviendo la mejor versión de su vida.

Unos meses después de haber comenzado la construcción, el templo había sido terminado. Era más grande y espacioso que el que había reemplazado. Era obvio que este centro de adoración y confesión era más cómodo y conveniente que otros en el pueblo, y la noticia de un templo más lujoso llegó a los oídos de otros feligreses, los cuales decidieron darle una visita a la iglesia del barrio Los Infiernos para comprobar los detalles que habían escuchado de otras personas. El templo se convirtió en la noticia del día, en aquel pueblo donde nada de importancia pasaba y adonde lo más nuevo del lugar era un puente de acero construido en el siglo anterior para conectar una brecha que atravesaba un rio. Durante la primera misa, el Padre Tomás notó que la iglesia estaba llena y también que no conocía ni a la mitad de aquellos feligreses que se encontraban sentados en los nuevos banquitos de madera. Se sorprendió y a la misma vez sintió una mezcla de sentimientos que iban desde la alegría a la preocupación. Después de todo, si la iglesia estaba llena, eso era bueno para predicar y regar la palabra de Dios por el mundo. Aun así, le preocupaba que las personas que habían puesto su mayor esfuerzo para hacer a aquel lugar una realidad, no encontraran espacio para sentar sus cuerpos cansados después de haber trabajado por varios meses para hacer aquel templo una realidad.

Al terminar aquella primera misa los platos de ofrenda contaban con una vasta cantidad de dinero, lo que no era común en un barrio pobre como aquel. El padre se sintió feliz, pues con aquel dinero la iglesia católica podía hacer muy buena obra. Envío aquel dinero al obispo y continúo haciendo la obra como lo había hecho desde el principio de su ministerio. Luego llegó la segunda semana y las ofrendas fueron un poco mejores. A la tercera semana recibió una visita inesperada del obispo. Éste quería ver de dónde salía tanto dinero en un sitio como aquel. Luego de saludar al padre Tomás y de esperar ser tratado como si él fuese el mismo Dios, el obispo se sentó a oír la misa y a ser testigo del poder que ejercía el templo nuevo en la psicología del pueblo. Al terminar la misa, se despidió del padre y regresó a su oficina a planificar como expandir las ganancias de aquel templo. Decidió regresar la próxima semana para cerciorarse de que la asistencia a la iglesia justificara hacer inversiones en improvisar el templo de aquel barrio.

Regresó a la próxima misa para asegurarse de no tomar ninguna decisión ligera. Nuevamente sentado al frente y tratando de demandar la atención con un sentido de prepotencia que le otorgaba el título de obispo, se regocijaba por la atención que los feligreses le proporcionaban. El padre Tomás, que daba la misa, observaba a su superior con un poco de preocupación, pues su presencia en el templo causaba una distracción que de seguro no sería del agrado de Dios. Al mismo tiempo se preguntaba el porqué de aquellas dos visitas de seguido, después de todo en los primeros cinco años de éste al mando de aquella congregación; el obispo no lo visito ni para inaugurarlo en el puesto de padre cuando había reemplazado al último sacerdote el cual había fallecido a una alta edad. Esto causaba un poco de curiosidad en él, pero no era de las personas que se dejaba llevar por presentimientos y lo único que hacía en momentos como este era orar a Dios para pedirle claridad. Al terminar la misa, el obispo se despidió sin mucha fanfarria y se fue a su oficina en posesión de una lista mental de las cosas que había que improvisar.

Lo primero que haría sería comprar unos santos nuevos que fueran dignos de representar la imagen blanca de los santos negros. Después hacía falta una campana nueva para anunciar que la iglesia estaba abierta para los negocios de Dios, y luego había que cambiar los confesionarios por algunos más espaciosos para que ningún feligrés importante se sintiera incómodo confesándose en un espacio muy confinado. También habría de pulir los pisos, cosa de que brillase allí la santidad de los importantes. Por si acaso la congregación crecía como él lo esperaba, autorizaría la construcción de un templo anexo para acomodar a los feligreses que poseían mucha fe, pero no mucha plata. El obispo hizo todos estos planes acerca del templo nuevo y en ningún momento se le ocurrió la idea de consultar al padre Tomás, para saber su opinión o cerciorarse de que los cambios no causaran problemas imprevistos. En aquel mundo de jerarquías la única opinión que valía un carajo era la de él.

Unos días más tarde envió a sus empleados para remodelar el remodelado templo. El padre Tomás los recibió sorprendido, pues a él no se le había dicho nada de los planes. Como era su costumbre, les pidió a aquellos empleados calmadamente que se sentaran por unos momentos en lo que hacía unas llamadas para clarificar sus dudas. Entró a su pequeña oficina y marcó el número del obispo. Luego de que lo hicieran esperar por unos largos minutos, el obispo contestó:

"Dios sea con usted padre Tomás." -dijo el obispo.

"Amén, y con usted también señor obispo." -respondió el padre.

"¿En qué lo puedo ayudar?"

"Señor obispo, aquí tengo unos trabajadores que dicen haber sido asignados a remodelar el templo de Los Infiernos, y a mí nadie me notificó de semejante cosa."

"Perdóneme Tomás, fue que se me olvido dejarle saber con tanto ajetreo en los últimos días."

"Discúlpeme usted a mi señor obispo no entiendo."

"¿Qué no entiende?"

"No entiendo por qué el templo necesita renovaciones si es un nuevo y tampoco entiendo por qué ahora, si usted me dijo, que ni había dinero para este tipo de proyectos."

"La situación ha cambiado."

"¿Cómo así?"

"La presencia del templo nuevo ha causado curiosidad y también de que haya habido un éxodo de feligreses de otras iglesias a la suya."

"Todos son bienvenidos, pero eso no necesita que hagamos más arreglos y que molestemos a la gente que se mató trabajando para construir este templo."

"Eso no tiene importancia Tomás, lo que importa es que esos feligreses se sientan a gusto adorando a Dios en el templo que ellos escojan."

"¿Eso qué quiere decir?"

"Qué es más importante para la iglesia el atender al tipo de feligrés que yo estoy tratando de llevar a tu templo."

"¿Y la congregación del barrio?"

"Eso no es muy relevante."

Al escuchar estas palabras condescendientes de su superior, el padre Tomás, perdió la calma por primera vez desde que era un adolescente quien aún no había aprendido a controlar sus emociones, y lo dejo saber de la manera más calmada posible, aunque el tono de su voz era inconfundible.

"Mi congregación trabajó arduamente para construir este templo, y muchos de ellos hicieron lo imposible para ayudar. Cocinaron, ligaron cemento y ofrecieron todos sus talentos sin pedir nada a cambio. Hasta se enfermaron varias personas. ¿Y ahora no importa si pueden o no entrar al templo que ellos mismos construyeron?"

"Eso se agradece, pero la iglesia necesita que sus miembros mantengan la obra viva y para eso hace falta dinero que los nuevos miembros pueden ofrecer y los viejos no."

"Las escrituras hablan del pobre y su camino a Dios, en ningún momento se menciona que para adorar a Dios hay que ofrendar mejor. ¿Ahora vamos a pedir verificación económica para permitir que las personas adoren a Dios de manera apropiada?"

El obispo se sintió ofendido por las palabras del padre Tomás, pero no por lo que estaba diciendo, sino porque parecía haberse olvidado del orden en que los dos estaban conectados con Dios. Él era el que de acuerdo con la jerarquía de la iglesia estaba más cerca. Por lo tanto, era el único preparado para entender lo que se necesitaba y lo que no. Por eso respiró profundamente antes de pronunciar las siguientes palabras:

"Padre Tomás, creo que usted se ha olvidado con quien habla."

"Señor obispo, pienso que es a usted que se le ha olvidado de cuál es la misión de la iglesia."

"Tomás tenga cuidado en la forma en que se expresa, pues eso no es digno de un sacerdote de nuestra iglesia."

"Yo no he dicho nada malo ni he levantado calumnias, solo he dicho lo que considero es justo."

"Tomás, la decisión de remodelación es final y te advierto no tomar la voluntad de Dios como un ataque personal."

"La voluntad de Dios, no es la que me incomoda, señor obispo."

"De igual manera esta decisión es final."

"Que Dios le bendiga, señor obispo."

"Amén." -respondió el obispo hipócritamente y colgó el teléfono de una manera brusca.

El padre terminó la conversación con su superior y luego se disculpó con los trabajadores que esperaban, a la misma vez que se ponía a su disposición. Luego se fue a su oficina nuevamente, aunque esta vez un poco preocupado por la situación. Como era su costumbre, se arrodilló en una esquina frente a un Jesucristo que aún lloraba lágrimas de sangre colgando de la cruz. Y frente a aquella falsa imagen del hijo de Dios le oró para que les proveyera respuestas a preguntas que ya el mismo se había comenzado a contestar. Mientras tanto, en su oficina de aire acondicionado el obispo aún estaba molesto, pues este pendejo cura que era menos que él lo estaba desafiando en la decisión que él cómo representante de su propio dios había tomado. Luego de pensar y dejarse llevar por sus sentidos de superioridad, llegó a la decisión más obvia que debía de tomar; el padre Tomás no estaba apto para guiar aquel templo nuevo y su reemplazo sería necesario. Después de todo, él era un emisario de Dios coronado con la inmensa responsabilidad de mantener la iglesia a flote; sin importar si una que otra alma pobre perdiera la oportunidad de enriquecerse del amor de Dios. Desde ese momento el obispo comenzó a planear como haría para librarse de aquel cura insolente que ponía en duda su sabiduría divina.

Así fue como llegó la primera llamada al teléfono del padre Tomás, donde se le notificaba de algunos cambios que la iglesia necesitaba hacer para servirle mejor a Dios. El cura escuchó lo que se le decía sin hablar ni hacer preguntas. Al terminar de escuchar la noticia, solo comentó que su asignación había sido asignada por el arzobispo y era su derecho como sacerdote el tratar de mantener la posición que ocupaba desde los primeros y únicos siete años de su carrera. La voz del teléfono le advirtió que el esfuerzo seria en vano. Aun así, el padre Tomás estaba dispuesto a gastarse todos los recursos disponibles para quedarse en aquel barrio donde había comenzado su carrera. Luego de concluir la llamada y con la preocupación de perder su iglesia, el padre hizo otra llamada y logró conseguir una cita con el arzobispo para el próximo día. Esto seguro era una señal de Dios, pues el arzobispo era una persona muy ocupada a la que no se le podía ver en persona muy a menudo. Ya en presencia del arzobispo, el padre expuso su problema mientras que el arzobispo le escuchaba atentamente. Éste no interrumpió al padre Tomás más de una vez, y luego se sentó en su cómodo sillón para luego dirigirse al cura con la más sincera expresión de pena en su rostro.

"Padre Tomás he escuchado su petición y me da mucha tristeza lo que está pasando en este momento. Yo no sé cuándo la iglesia y sus ciervos olvidaron el motivo de servirle a Dios con humildad. Me da pena los tiempos en que estamos viviendo, donde la apariencia importa más que la misión. Tomás te quiero agradecer que me hayas informado y a la misma vez te prometo que mientras Dios me dé salud y fuerzas nadie habrá de reasignarte a ninguna otra iglesia, puedes irte tranquilo y sin preocuparte, pues no he de aprobar que te reasignen."

El cura se llenó de alegría mientras experimentaba un gran alivio de poder mantenerse allí con la gente que él consideraba su única familia. Se despidió del arzobispo y regresó a su templo. Al otro día, recibió una llamada del obispo el cual ofrecía las más sinceras palabras de hipocresía que se hubiesen escuchado en aquel teléfono. El padre Tomás entendió el mensaje, pues sabía que había comenzado una guerra. Eso no era lo que él quería, pero era lo que estaba dispuesto a hacer para permanecer allí en su lugar. Unos días pasaron sin que ocurriese algo fuera de lo ordinario, la misa continúo ocurriendo como siempre y ya el cura estaba acostumbrado a los creyentes que provenían de diferentes partes del pueblo. La presencia de todas estas personas ya no lo preocupaba, pues se había resignado a la idea de que a lo mejor aquellos estaban allí por la voluntad de Dios. Fueron pasando los meses y todo seguía igual, ya se sentía calmado, pues por lo visto su súplica al arzobispo había trabajado.

Ocho meses después de que el obispo había pronunciado su callada amenaza llegó el primer ataque de guerra. El padre Tomás, sentado en un banco debajo de un árbol de flamboyán que estaba en la propiedad de la iglesia, disfrutaba de una rara sombra que le traía fresco al calor del lugar. Al igual que también de los colores rojizos que las flores del árbol le ofrecían al verdor de la naturaleza que rodeaba el sitio. El padre perdido en sus pensamientos analizaba la obra de su creador, lo bueno y lo malo del mundo y hasta la calidad de su ministerio. Se encontraba en una completa paz con el camino que su vida había tomado cuando apenas era un hombre de unos diecinueve años, y su vida le apuntaba a los caminos religiosos y a la presencia de Dios. Hoy ya unos veinte años más tarde, sentado bajo aquel árbol, podía apreciar los logros de su vida. Aún estaba envuelto en ese viaje de reconocimiento cuando uno de sus diáconos lo sacó de aquel trance luciendo una cara de preocupación y/o sorpresa. Éste aguantaba una carta en sus manos, la que le mostraba al padre Tomás, el cual estaba saliendo de aquel recorrido personal de su vida y su mente no registraba aún las palabras de su diácono Pablo:

"Me acaban de reasignar a otra iglesia." -decía este sorprendido.

"A ver déjame ver." -respondió Tomás todavía un poco enfuscado.

"¿Qué voy a hacer, yo vivo aquí en el mismo barrio? ¿Por qué me reasignaron?" -preguntó Pablo.

"Eso debe de ser un error, déjame ver."

El sacerdote leyó la carta que efectivamente le informaba a aquel diácono con el que había compartido más de siete años de ministerio que se le necesitaba en otra parroquia. Sin decir una palabra de más, el cura le dijo a aquel hombre que él habría de encargarse de la situación, pero antes de terminar sus palabras divisó a su otro diácono Erasmo caminando en su dirección con un papel en la mano y con la misma cara de preocupación que exhibía Pablo. Al llegar donde el sacerdote éste pronuncio las palabras que ya él esperaba. "Me acaban de reasignar." Los dos diáconos se miraron el uno al otro para después mirar al padre en busca de una respuesta. Nuevamente, éste repitió las palabras que le había dicho al primero y se dirigió a su oficina. Entró y se sentó en su silla para hacer la llamada para verificar lo que él ya entendía como una realidad, y esto era que la guerra había comenzado y sus primeras dos víctimas habrían de ser los diáconos de la iglesia. La secretaria del obispo contestó el teléfono y le indicó al cura lo que sus archivos indicaban.

"Los diáconos de su parroquia han sido reasignados a diferentes parroquias, se deben de reportar a las mismas en las próximas dos semanas." -respondió la secretaria.

"Perdóneme señorita, me podría explicar el porqué de este cambio."

"Déjeme verificar, le importaría que lo ponga en espera por un momento."

"No, de ninguna manera haga lo que tiene que hacer."

"Ok, déjeme revisar y ya vuelvo."

El sacerdote esperó con desespero a que la secretaria regresara a la línea para confirmar que sus sospechas estaban fundadas en la realidad y no en su imaginación. Al cabo, de unos cinco minutos, la secretaria regresó a la llamada:

"¡Padre Tomás!"

"Si diga usted señorita."

"Padre, mis archivos indican que sus diáconos han sido reasignados por el obispo. No hay explicación acerca del movimiento de personal."

"¿Y usted me puede conectar con el señor obispo?"

"En estos momentos él se encuentra en una reunión con dos personas, yo le dejaré saber que a usted le urge hablar con él."

"Muchas gracias, señorita, que Dios la bendiga."

"Amén."

Luego de haber concluido la llamada, el padre se sintió impotente ante la posibilidad de perder a sus diáconos en los cuales él confiaba ciegamente. Allí, sentado en su oficina, esperó varias horas por la llamada de su superior, pero no llamó. Se dirigió al templo y se arrodilló a orar como era su costumbre antes de acostarse, o cuando algo lo molestaba más allá de lo que él era capaz de aguantar sin la ayuda de Dios. Al otro día se levantó temprano y se dirigió a las oficinas del obispo. Al llegar se encontró al obispo desocupado y al parecer sin ninguna cosa que hacer. De todas maneras, éste se rehusó a atenderlo inmediatamente con el pretexto de que tenía algunas cosas que demandaban su inmediata atención. El padre se sentó en la oficina por algunas dos horas hasta que el obispo lo atendió.

"¿A ver Tomás, en que te puedo ayudar?" -preguntó con superioridad.

"Dios lo bendiga, señor obispo. Yo solo quiero saber la razón por la que mis diáconos han sido reasignados a otras parroquias sin habérseme informado a mi primero."

"La decisión de mover a tus diáconos la tomé yo basada en la necesidad que hay de estos en otros lugares."

"¿Entonces que he de hacer yo sin mis diáconos para cumplir con sus obligaciones?"

"Tomás no has de estar solo. Ayer mismo conocí a las personas que han de

reemplazar a tus diáconos."

"Perdóneme, señor obispo, si lo ofendo con esta pregunta, pero ¿No sería mejor enviar a esas personas a las parroquias que ha enviado a mis diáconos?"

"Tomás nuevamente me encuentro recordándote que las decisiones acerca de las parroquias locales son mi responsabilidad y cuando yo tomó alguna decisión no la tengo que explicar."

"Nuevamente, le pido mis disculpas, yo no estoy pidiéndole explicación, solo me parece injusto el cambio de personal."

"Esa decisión es final y no ha de cambiar."

"Ya veo, gracias por su ayuda."

"¿Desea algo más?"

"Yo deseo muchas cosas, pero nada con la que usted me pueda ayudar."

"Tenga cuidado Tomás, la subordinación se paga cara en la Iglesia Católica."

"Dios los bendiga, señor obispo."

"Vaya con Dios."

El padre regresó a su templo decepcionado con el trato y la dejadez de aquel hombre tan egoísta, a la vez que se preguntaba como una persona así podía estar al mando de tan importante misión como lo era la de salvar almas de los ardientes infiernos del pecado. Al llegar llamó a sus diáconos para informarles que basado en la jerarquía de la iglesia, él estaba limitado en lo que podía hacer por ellos. Los dos hombres decepcionados expresaron insatisfacción con sus nuevas asignaciones y dudaron por unos momentos del poder de Dios. Al escucharlos expresarse de esta manera, les reafirmó que el señor obraba de maneras misteriosas y los exhortó a poner sus pesares en oración. Los dos hombres se retiraron del templo, aun luciendo en sus rostros la decepción de haber sido abandonados por Dios, aun cuando ellos estaban a su servicio. Por su parte, Tomás se sentía de la misma manera defraudado, pero no por Dios, sino que por las personas que decían ser sus ciervos. Dos semanas después de aquella triste despedida, el padre se encontraba dentro de la iglesia arreglando algunas cosas en el altar cuando un hombre de origen anglosajón se presentó a la puerta del templo. El padre miró hacia la puerta pensando en la posibilidad de que aquel hombre anduviese perdido y en necesidad de direcciones. Luego de unos segundos caminó a la puerta e indagó acerca del hombre.

"Buenas tardes, hijo". -dijo el padre cordialmente.

"Buena tarde." -respondió el hombre con un fuerte acento de extranjero.

"¿En qué lo puedo ayudar?"

"Prist Tomás, yo me llamó Joseph Meyers y soy su nuevo... ¿Cómo se dice? Di, di, deacon." -dijo el hombre con dificultad.

"¿Diácono?"

"Yes, eso está right."

"Dime hijo, ¿Tú no hablas bien el español?"

"Sí, uno poquito."

"¿Y estás asignado a este templo?"

"Si, tengo una letter."

"¿Una qué?"

"Letter...ahhh...calta." -respondió el diácono sacando un papel de su bolsillo

"Oh, una carta."

"Si, si una calta."

"¿A ver déjame verla?"

El hombre le entregó una carta a Tomás y él la tomó en sus manos para leerla. Al abrir él sobre notó que el documento estaba escrito en inglés y ese era un idioma que él no dominaba. Aun así, entre todas las palabras escritas en el papel, el cura pudo entender dos de estas: Los Infiernos y esto le confirmaba que su nuevo diácono era aquel hombre importado de otro país, él cuál no hablaba casi nada de español, y no entendía ni un carajo la cultura y el modo de pensar de la congregación a la que habría de servir.

El padre le habló lentamente a aquel hombre para que lo entendiera y le preguntó cordialmente por qué lo habían enviado allí. Este le contestó en su español limitado que allí había una necesidad de alguien que hablase inglés. El padre lo miró y supuso que este estaba confundido. Luego le pidió que se sentara y esperara por él unos minutos. Se dirigió a su oficina para hacer una llamada telefónica. La conversación duró solo unos minutos y cuando el padre regresó al templo, encontró que había llegado otro hombre anglosajón de nombre Keneth McCarthy, otro diácono importado del extranjero.

Con aquellos dos hombres a su servicio el sacerdote debería de hacer el mismo trabajo de antes sin quejarse, pues así lo requería Dios, y el obispo. Al principio todo fue un caos de confusión, pues aquellos hombres, aunque bien intencionados, no podían comunicarse claramente con el sacerdote o los feligreses. Esta situación causaba incomodidad en el templo, pues las personas que asistían al mismo no comprendían la necesidad de reemplazar a los dos diáconos locales con extranjeros. El padre Tomás les aseguraba que todo iba a estar bien y les exhortaba a tener paciencia con aquellos dos servidores del señor; pero como era de esperarse, algunos de los feligreses se quejaron de que se le estaba dando prioridad a los de afuera y no a ellos quienes eran locales de la isla. Unos pocos de ellos contactaron al obispo para expresar sus molestias, pero él no les dio importancia ninguna a sus palabras porque no era por ellos que los dos hombres estaban asignados a aquel templo.

Cuando ya había transcurrido un mes, el padre Tomás logró entender lo que el primer diácono extranjero le había comentado, cuando por sus puertas cruzó una pareja de anglosajones que no hablaban ni una palabra del español. El padre trató en vano de comunicarse con ellos y cuando ya no pudo le pidió a su diácono Keneth que atendiera a aquellas personas. Éste lo hizo con gusto y después de una breve conversación con estos, le explicó al padre que aquellos feligreses eran unos de muchos que en los últimos años habían inmigrado a la isla en busca de la bella naturaleza. Al mismo tiempo le informó al padre que su visita no había sido casualidad, pues habían sido enviados allí por una persona con rango en la iglesia y también le habían dicho que otras personas como ellas estaban dispuestas a viajar a aquel templo; porque allí había personas que se podían comunicar con ellos en su lengua materna, el inglés.

De esta manera, fue como semana tras semana el templo se iba llenando de extranjeros que no entendían al padre, pero si entendían a los diáconos. Con la llegada de aquellos extranjeros comenzaría el cambio más drástico que se hubiese visto en el barrio Los Infiernos. Cuando el templo se empezó a llenar de caras blancas y de palabras en inglés, al mismo tiempo que el obispo habría de autorizar la construcción de un templo anexo al original para tirar en él a los locales que no podían hacer las mismas contribuciones económicas que sus feligreses predilectos. El padre Tomás estaba exasperado cuando le llegó la segunda carta en la que se le informaba de su reasignación, ya que la necesidad de la comunidad había cambiado cuando le cambiaron la gente a la iglesia. Nuevamente, se refugió en la protección del arzobispo, el cual cumplía con su palabra de protegerlo. Así pasaron varios años y el templo que fue construido por las manos negras, trigueñas y blancas del barrio ahora era habitado por la blancura del extranjero que en aquellos momentos estaban colonizando la isla por segunda vez desde el 1898.

Después de haber sobrevivido el segundo atentado en contra de su ministerio, el sacerdote comenzó a desvanecer en su fe, pues la combinación de las injusticias y los años ya se le veían en el rostro. Un día sentado en la iglesia recibió la visita de una de las ancianas que lo habían ayudado a construir el templo a través de la venta de sus comidas. Doña Lila, ya bastante avanzada en edad, entró al templo y se sentó al lado de aquel hombre cansado de luchar por mantener su fe intacta. Al verlo de esta manera, la anciana se conmovió mirando como un hombre tan recto y lleno de fe comenzaba a lucir el cansancio de las injusticias que se cometían en el mundo, aun cuando estas se cometían en el nombre de Dios. Se aproximó a éste y lo abrazó para luego pronunciar estas palabras:

"A Jesús por predicar la palabra de su padre, lo crucificaron en la cruz la misma gente que el vino al salvar, es por eso por lo que a vece cuando Dios nos pone pruebas no nos debemos de rendil, aunque to' lo que sintamos sean ganas de hacelo."

El padre miró a aquella anciana a los ojos y en ellos pudo ver que ella podía leer su mente como un libro abierto, por lo que se atrevió a comentar.

"A veces las batallas más grandes que tenemos son con las personas que representan al mismo Dios que servimos."

"No to' el que dice ser, es. Uste es lo que dice ser y crea lo que le dice esta vieja, Dios sabe cuál es la verda. Además, nosotros lo necesitamos aquí, pue sin usted

*nos van a dejal sin un espacio para adoral a Dios y unos viejos como nosotros ya estamos talde pa' aprendel inglés."-*dijo Doña Lila de una manera jocosa.

"Es tan difícil."

"Padre Tomás siga su propio consejo y el de esta vieja, tenga fe."

Aquella conversación rejuveneció al padre, quien ya se encontraba al borde de rendirse. Entonces se decidió a continuar la misión que había comenzado dieciocho años antes. Comenzó tratando de aprender inglés con la ayuda de sus dos diáconos, a la vez que también les enseñaba las cosas básicas de aquella cultura a la que ahora estaban expuestos. Más tarde aumentó la cantidad de servicios para que todos los feligreses locales y extranjeros lograran tener el mismo acceso al amor de Dios. De esa manera, el padre comenzó a sentir que su vida y su misión estaban en un balance perfecto, donde tanto él como Dios estarían recibiendo lo que los dos requerían. A Dios su casa llena de gentes que lo adoraban y para él la satisfacción de vivir su mejor vida en servicio de la iglesia. Así habrían de pasar varios meses hasta que le llegó la próxima correspondencia desde las oficinas del obispo.

"Estimado Padre Tomás, la presente carta tiene como motivo informarle que nos han notificado que usted ha alterado el horario de los servicios de su templo. Le queremos recordar que estos horarios son la responsabilidad nuestra y que cualquier cambio al mismo debe de ser aprobado por nosotros. Por esa razón, le que queremos instruir a que pare y desista de continuar con esta práctica. Le damos las gracias por sus buenas intenciones y esperamos que esto no sea un inconveniente para usted y/o su congregación."

Una vez más el sacerdote se encontró en las miras del obispo y en esta ocasión los sabios consejos de Doña Lila y la calma que su presencia producía en el templo ya no estaban allí; pues ella ya había muerto unos meses antes de que aquella última correspondencia llegase a sus manos. En estos momentos, no tenía la calma necesaria para ponerlo todo en oración como lo hizo por toda una vida en los caminos de Dios. Ya esa parte de él había muerto en una de las muchas batallas defendiendo a sus feligreses y a la fe. Luego de leer la carta, el Padre se fue a su oficina a repasar en su memoria todos los trabajos, todas las luchas y todas las cosas que había hecho en sus años de ministerio; pero por sobre todo todas las personas que había tocado con sus palabras de fe y redención. Entre todas las personas encontró los espacios vacíos de todos los feligreses que lo habían apoyado en su ministerio. Algunos se cansaron de ser empujados por la ola del cambio; otros ya descansaban en paz. Entre tantos espacios vacíos el padre encontró el que aquella sabia mujer, Doña Lila había dejado. Cansado de las interminables luchas en contra de un cambio predeterminado por los que más pueden, el padre Tomás comenzó a resignarse a pelear aquella batalla que estaba perdiendo junto con su determinación y un poquito de su fe.

Nuevamente con el templo lleno de extranjeros y sin lugar para acomodar a los feligreses locales, el padre ofreció la misa del domingo con una energía semi apagada y sin ningún deseo de traducir al idioma inglés sus palabras de origen español. Al observar esto, los feligreses extranjeros se mostraron sorprendidos y hasta ofendidos de que su fe y su posición de pueblo preferido parecía ser ignorado por el sacerdote que en los últimos días lucía una expresión de desespero ante la presencia de estos. Algunos de ellos no dudaron en expresarle su decepción al señor obispo. Éste recibió las quejas con satisfacción, pues él invirtió muchos esfuerzos para quebrantar la fe del padre para luego justificar sacarlo del medio. Fue así como se puso en contacto con el arzobispo para justificar tomar acciones disciplinarías en contra del padre Tomás. Luego de unas semanas el arzobispo respondió a sus llamados con una corta nota que le dejaba saber al obispo la posición oficial de la iglesia.

"Estimado señor obispo, hemos recibido su solicitud de reunirse con nuestra oficina en relación con la situación del padre Tomás, quien está asignado al templo del barrio Los Infiernos y hemos abierto una investigación acerca del asunto que se nos ha presentado. En este momento la iglesia no tomará ninguna acción en relación con este asunto porque entendemos que el padre Tomás se merece el beneficio de una investigación completa antes de poder tomar alguna decisión final en su caso."

El obispo estrujó el papel en sus manos y lo lanzó al zafacón de la esquina enojado. Otra vez, el arzobispo había intervenido en favor de aquel cura de barrio. ¿Quién era el padre Tomás para impedirle sus planes? Después de todo él era el que tenía visión para el futuro y en aquel futuro que él veía solo había feligreses de colores predilectos y por sobre todo de billeteras llenas de la parte del dinero que es de Dios y no del Cesar. Esa era su misión, cambiar la complexión socioeconómica del templo antes de que la gente se aburriera del mismo y se fueran a otro lugar buscando algo diferente. En el presente su obstáculo continuaba siendo aquel padre y su obsesión de servirle a una comunidad de muertos de hambres y él cual a su vez contaba con la protección del arzobispo, lo que lo hacía casi un intocable.

Unos meses más tarde, el obispo se levantó temprano y recibió en aquel momento la mejor noticia del día, pues en la noche anterior el arzobispo se había ido a morar con el señor. Al enterarse, el obispo pronunció las hipócritas palabras de duelo y entró a su oficina. Se sentó en su escritorio y respiró profundamente el aire de la satisfacción de saber que después de tanto tiempo ya se habría de librar del padre Tomás y con la ayuda de Dios el cambio llegaría por fin al barrio Los Infiernos. Luego de ponderar todo lo que habría de hacer, llamó a su secretaria y le dictó la carta que tenía escrita en su mente desde aquella primera vez en que el cura se había atrevido a desafiarlo en su autoridad divina.

En aquella tarde de calores infernales, el padre esperaba la visita de su remplazo, quien al entrar por la puerta del templo habría de ponerle fin a su misión de salvarlas, pues no quiso aceptar que lo reasignaran a otro pueblo después de tantos años en Los Infiernos. Ya llegada las dos de la tarde, un extranjero se asomó a la puerta del templo al que había sido asignado. Tomás miró hacia la puerta y no se sorprendió al ver que esté lucia tan fuera de lugar como habían lucido sus dos diáconos al llegar allí. Fue en ese específico momento que llegó a la realización que después de todo el que se veía fuera de lugar era él, pues habían comenzado por reemplazarle a los diáconos y después a toda la congregación a la misma vez que el barrio comenzaba a vaciarse cuando la gente le salía huyendo a aquella nueva invasión extranjera.

El padre se paró del banquito y se dirigió a la puerta para recibir cordialmente al padre Joseph R. Smith como el nuevo sacerdote del templo del barrio. Luego de comunicarse con este dificultosamente y de llevarlo a su nueva oficina, recolectó su maleta y se dirigió a la casita de la difunta Doña Lila; la cual los hijos de esta le habían ofrecido para que en su retiro no tuviese que irse muy lejos del barrio. Unos meses más tarde el obispo del pueblo fue ascendido a la posición de arzobispo, y al llegar a su nueva oficina, se puso a pensar como habría de repetir su hazaña en otros templos de la isla. Para remplazar al pueblo nativo con las invasiones de extranjeros que el mismo gobierno estaba apoyando desde que habían exportado todos los trabajos y clausurado todas las escuelas. Produciendo así una inmigración forzada de los nativos al exterior. En este nuevo proyecto el arzobispo habría de concentrar la misión de Dios buscando ponerle prioridad a lo que es del Cesar sin importarle un carajo lo que Dios quisiese. De esta manera, la posición oficial de la iglesia paso de ser la de servirle a Dios trayendo a los pobres a sus caminos, a empujar a los mismos fuera de sus casas y con suerte de la misma isla.

Meses después de su retiro, el ex-cura Don Tomás se gastaba las tardes en el barrio Los Infiernos ofreciendo misas clandestinas a los pocos feligreses que habían podido evitar participar de los últimos éxodos de gentes, los cuales se habían convertido en eventos muy comunes en el pueblo y el país. Desde su humilde casita podía observar los lujosos autos que traían a aquellos extranjeros a su nuevo lugar conquistado a darle gracias a Dios por haberles abierto el camino en aquel verde paraíso que era Puerto Rico. Tomás ponía a reflexionar en las ironías que tiene a veces la vida, porque todo comenzó con un huracán llevándose el templo de un barrio pobre y había terminado con un sin fin de extranjeros derribando las raíces nativas del lugar, para apoderarse de un nuevo templo y de todo el pueblo; desplazando así a todos en el nombre del mismo Dios que usaron como excusa durante su primera invasión de la isla 500 años atrás, cuando llegaron a sus playas cargando las insignias de la iglesia que los justificó en el pasado y ahora los volvía a justificar en el presente. Para cada nuevo templo que construyeran en el nombre de esta religión, utilizarían como los materiales para las fundaciones, las vidas destruidas de los nativos y los cadáveres de la fe.

Primaveras

E L FRÍO INVERNAL COMENZABA a ceder, y poco a poco las hojas de los árboles se abrían paso desde las ramas donde estaban escondidas desde que el último otoño había tirado al suelo a sus predecesoras. Quién lo iba a decir que hacía solo unas semanas aquel lugar estaba arropado de blanco sin ninguna señal de vida; y ahora que la nieve se había derretido, estaba listo para recibir visitas de distintos animales que abandonaban sus guaridas en busca de calor y las oportunidades que les traía la primavera. Desde dentro de su casa, Margarita observaba el movimiento a través de la ventana de su cuarto, mientras que pensaba en el porqué de su presente. Luego de estar parada al borde de la ventana por algunos minutos, volvió la mirada a su gavetero donde se podía observar algunas de las gavetas tiradas en el suelo y toda su ropa interior regada por el mismo. Parecía que por su habitación había pasado un pequeño tornado, que había evitado el resto de su hogar. Se sentó pensativa se al borde de la cama a reflexionar. Luego de unos minutos se paró y comenzó el arduo trabajo de recoger todo y devolverlo a su lugar. Pasados unos minutos en la puerta del cuarto se escuchó a una persona tocando y pronunciando su nombre.

"Ma, ábrame la puerta." -decía uno de sus hijos desde afuera.

"Ya voy mijo, ya voy."

"Ay Dios, ¿Qué carajo pasó aquí vieja?"

"Na' mijo, na'."

"¡Le volvió a robar ah! Se lo dije que no lo dejara quedarse aquí."

"Eso no importa mijo."

"Lo voy a ir a buscar y cuando lo agarre le voy a dar una pela[1]."

"Tú no vas a buscar a nadie."

"Ma, yo se lo dije que a ese maricón no se le puede ayudar."

"Eso no es na'."

"Si es vieja, si es. Usted lo ayuda y el <u>son of a bitch</u>[2] siempre le hace lo mismo."

"Te dije que no es na'."

"Cuando lo vea in <u>the street, I will fuck him up</u>[3]."

"Tú no vas a hacer nada, él a ti no te ha hecho na'."

Durante esta conversación entre la mujer y su hijo, otro de los hijos de la mujer entro a la habitación y miró el reguero en el cuarto e inmediatamente hizo la misma pregunta:

"¿Qué carajo paso aquí?"

"El hijo e puta le volvió a robar a la vieja." -dijo el primer hijo molesto.

"Otra vez, este es el segundo año que se lo hace. ¿Y pa' que lo deja quedarse aquí?"

"Hay que ayudarlo, ¿Qué se supone que uno haga?" -respondió Margarita.

"Que lo dejé frisarse el culo en la calle pa' que no sea cabrón."

"Yo no puedo hacer eso."

---

1. *Una Pela: Expresión local que significa una golpiza*

2. *Son of a bitch: Hijo de puta.*

3. *In the street I will fuck him up" lo voy a joder en la calle.*

"¿Y por qué no? Ese son of a bitch no es nada suyo."

"Comoquiera yo no puedo dejarlo en la calle."

"Si fuera yo, se jode." -decía el segundo hijo.

"No hablen así, ese muchacho es como su hermano, si se crio con ustedes."

"Eso no importa vieja, lo que importa es que es un pillo[4] de mierda que le roba a usted de cada rato y usted todavía lo deja entrar aquí."

"Eso son solo cosas materiales, no se preocupen por eso."

"Si yo lo agarro por ahí, no respondo." -dijo el primer hijo.

"O si lo agarro yo, tampoco respondo." -dijo el segundo hijo.

"Si ustedes lo ven, lo dejan quieto, por favor."

"¡Pero vieja!" -dijo el segundo hijo.

"¡Pero vieja nada! Ustedes no tocan a ese muchacho. Ahora se me van de aquí que tengo que recoger."

"I will help you Mami[5]."

"No, déjenme sola que yo me resuelvo."

Luego de despedir a sus hijos y escucharlos discutiendo el evento en el pasillo de la casa, Se sentó otra vez en la cama con la mirada nuevamente fija en la ventana, mientras sentía un gran vacío en su pecho. Aunque no les dijo a sus hijos, esta vez aquel robo era diferente a los que había sufrido anteriormente, pues aquel muchacho le había robado a su Virgen de la Providencia, un amuleto que ella guardaba con una devoción religiosa, y el cual poseía desde antes de haber llegado a aquella ciudad. Mirando hacia afuera con lágrimas corriéndose por sus mejillas, la mujer comenzó un viaje mental en el que se podía explicar las razones que tenía de no dejar a aquel ladrón en la calle por más grande que fuese su ofensa, y del dolor profundo que le causaba tener que regresar a aquel pasado. En unos

---

4. *Pillo: Ladrón*

5. *I will help you Mami: Yo te ayudo mami.*

minutos su mente viajo al pasado; a un momento que había de definir su vida y la habría de trasportar desde un barrio rural en el sur de Puerto Rico hasta la ciudad de los rascacielos, Nueva York.

En aquel entonces contaba con unos diecisiete años y se encontraba lavando ropa en una quebrada adyacente a su casa. Mientras estregaba la roba en una piedra que le servía de tabla de lavar, la preocupación no la dejaba en paz. Tenía un secreto que no podría mantener por mucho tiempo, pues con el pasar de los meses su barriga la delataría, y a la misma vez de avergonzaría a su familia ante los ojos de Dios y de los bochincheros del barrio. Entre todos aquellos pensamientos estaba la posibilidad de una paliza a las manos de su padre. Un hombre pobre al que lo que le faltaba en fortuna le sobraba en falsos orgullos. El solo pensar en lo que su padre le iba a hacer cuando se enterara le mandaba un estremecimiento desde la cara a la punta de los dedos de los pies. Era así como mientras lavaba su ropa, las lágrimas se escapaban de sus ojos sin que ella pudiese evitarlo. Ya estaba decidida a enfrentar las consecuencias y para hacer lo mismo habría de comenzar por decirle a su mamá lo que le estaba sucediendo.

Después de terminar el lavado de ropa, recogió su cubo y se dirigió a su humilde casita mientras le temblaba todo el cuerpo por los nervios de tener que confesarle su secreto a su madre antes de que el tiempo la delatase. Antes de entrar a la casa colgó toda la ropa en el tendedero y ya con el cubo vació se decidió a enfrentar sus consecuencias. Entró a la casita y fue a buscar a su mamá en la cocina donde ella se encontraba cocinando la comida antes de que su esposo llegara al mediodía a comer en la hora de almuerzo. La muchacha se sentó en un banquito y miró a su mamá mientras que su corazón latía descontroladamente. Su mamá que se llamaba Clemencia la miró y preguntó:

"¿Mija qué te pasa?"

"Na' Ma solo estoy cansa." -respondió Margarita sin mirarla a los ojos.

"¿Está segura de que eso es cansancio?"

La joven calló, sospechando que su madre aludía a otras cosas mientras que miraba a los ojos y ella trataba de evitar que su madre le viese el alma. Aun así, ya estaba decidida y ya no había otra solución. Fue entonces cuando miró a su madre y dijo:

"Mamá, le tengo que decir algo."

"¿Cuántos mese tiene?"

"¿Qué?"

"¿Qué cuanto mese tienes de preña?"

"¿Cómo usted sabe?"

"Niña yo hace rato que lo sé, el que no lo sabe es tu pai."

"¿Papá no lo sabe y uste no se lo ha dicho?"

"No mija yo no sé cómo hacerlo sin que pierda la cabeza."

"¿Qué voy a hacer? Si se lo digo, yo me va a matar." -dijo Margarita con lágrimas en sus ojos.

"Yo sé cómo él se pone, pue espérate un ratito pa' vel como lo hacemo." -dijo Clemencia abrasando a su hija.

"Ay mami, yo tengo miedo."

"¿Y el muchacho que dice de esto?"

"Él dice que to' se va a resolver, pero na', más."

"¿Y los padres de él están ya al tanto?"

"No sé, no sé mamá."

Al pronunciar estas palabras, la jovencita se lanzó al suelo llorando desesperadamente en medio de aquel torbellino de confusiones. Por muchos días había estado debatiendo la prudencia de decirles a sus padres la verdad, y ahora, ya que se había liberado de su secreto, las emociones se le escaparon por los ojos como ríos de agua después de un aguacero de silencio. La madre emocionada abrazó a su hija y la consoló lo más que pudo. Mientras abrazaba a su niña, la mujer experimentaba una sensación de alegrías y preocupación, pues presentía que de aquella situación ninguna de las dos habría de escaparse sin heridas profundas. Ahora era su trabajo preparar a su esposo para que al recibir la noticia no lastimara a su hija o armara una trifulca con la familia del novio.

Clemencia cocinó la cena de aquella tarde, perdida entre los humos de sus pensamientos, mientras buscaba en sus memorias a alguna otra ocasión en la que se vio obligada a comunicarle a su esposo noticias desagradables; a las cuales éste nunca parecía responder de manera lógica. En esa búsqueda, se le llenó de humos la cabeza perdiéndose momentáneamente en sus pensamientos, y de los cuales regresó al oler como su cocina se llenaba de un olor a carne quemada; cuando en el sartén las chuletas que estaba friendo comenzaron a quemarse. Quitó el sartén de la hornilla encendida y luego abrió una pequeña ventana que había en la cocina para dejar escapar aquel olor a carne quemada. Mirando hacia afuera se distrajo por un momento observado a unos chiquillos jugando en el patio. Después de unos minutos se cansó de buscar en su cerebro y no encontró alguna memoria de referencia que le ayudase en aquel preciso momento. Entonces decidió dejar la conversación para otro día, pues ya la carne estaba arruinada y su esposo no estaría muy contento con esto. Pensó que quizás así recordaría algo que la ayudase más tarde, después de todo todavía le quedaba tiempo; aunque no fuese mucho.

En los próximos días Margarita se mantendría en silencios; mientras que Clemencia continuaba en aquella búsqueda mental que no le daba ningún fruto. Analizaba todos pasos a seguir sin adelantarse a situaciones y sin dejar que sus nervios o sus emociones la llevaran a tomar decisiones de las cuales podría lamentarse. Ella se había casado joven con un hombre un poco mayor y con este había formado una extensa familia que incluía diez hijos, nueve de estos varones y una sola hembra a la cual habían llamado Margarita. Esta última no solo la única hembra, sino que también la hija menor, lo cual la convertía en la niña de la casa. Esto hacía que la situación de su embarazo escondido se tornara más difícil de manejar con su padre y también con sus hermanos, hombres de una sociedad machista y eternamente sobre protectores del honor de la niña y la familia.

En un día sereno de un fin de semana, Clemencia finalmente encontró su mejor referencia para comunicar desagradables noticias y en la tarde, mientras se encontraba sentada junto a su esposo bajo la sombra de un árbol de moca, espero el momento más apropiado para hablar con él. Su esposo Herminio, que era un hombre de edad mediana y de un mal temperamento, estaba un poco pensativo en aquel momento, algo que no era común en un hombre como él. Se le podía observar mirando hacia la distancia sin estar concentrado en nada en particular. Clemencia sentada a su lado, sintió como su corazón comenzó a acelerarse, ya que se llegaba el momento de comunicarle a su esposo; algo que ella sabía muy bien podía terminar en una tragedia familiar. Finalmente, miró a Herminio fijamente y pronuncio nerviosa su primera palabra de aquella tarde:

"Herminio, tenemos que hablar."

"¿Hablar de qué?"

"Hablar de Margarita."

"Ya yo sé lo de la niña."

Clemencia sorprendida, miró a su marido a los ojos y por unos momentos sintió que había algún tipo de malentendido entre ellos. No podía encontrar un punto de referencia que la guiara en aquel momento, pues en toda su vida de casada con aquel hombre nunca lo había visto reaccionar a situaciones como la que enfrentaban en aquel momento de una manera lógica. En cualquier otro tiempo, Herminio hubiera buscado un machete y se habría dirigido a la casa del novio a matarlo por haber deshonrado a la niña y a la vez a la familia. Era por esa razón que Clemencia se sentía confundida y quiso asegurarse de que estaban hablando del mismo tema:

"¿Qué sabes tú ya?"

"Yo sé que esta preña del infeliz ese."

"¿Y desde cuándo lo sabes?"

"De hace un rato."

"¿Y por qué no dijiste na'?"

"Porque estaba pensando en lo que hay que hacel."

"¿Y qué hay que hacel?"

"Hay que hablar con los padres del cabrón ese, pa' que me honre a la nena."

"Tú sabe que esa gente son unos comemielda y van a tratar de negarlo."

"Yo voy a hablal con el pai del muchacho y de ahí sabemos que hacel."

"¿Y cómo es que no me lo dijiste antes, si ya lo sabías?"

"Quería hablal con los muchachos pa' que no se pusieran con cosas con ese infeliz y hubiera pasao una tragedia. Tomó un rato largo, pero ellos entendieron."

"Eso mismo me preocupaba pol ti."

"Créeme que yo quisiera cortarle el pescuezo a ese infeliz, pero eso no resolvería na'."

"Estoy sorprendia contigo."

"Yo también mujel, yo también."

"¿Y cuándo vamos a hablal con esa gente?"

"Hoy en la talde, ya le envíe razón al viejo."

"¿Y el viejo sabe de lo qué es?"

"No sé."

"Entonces, ¿A qué hora vamos?"

'A las siete de la noche."

"Pue me voy a vestir bien pa' que no digan."

"Esa gente a mí me vale mielda."

"Está cabrón, tener que lidial con gente que se cree que cagan más arriba del culo."

"Nojotros se lo dijimos a la niña, pero ella no nos hizo caso."

"¿Qué le vamos a hacer? "

"Na', tratal de resolvel en paz."

"Ya veremo."

Las reticencias de aquellos padres estaban fundadas en una realidad bien conocida por el barrio, pues los padres del novio eran personas de buena posición social y el embarazo de aquella jíbara del lugar habría de causarles vergüenzas a las que éstos no estaban acostumbrados a pasar, por aquello de que las apariencias de perfección hay que mantenerlas de una manera u otra. Aquella familia era legendaria en el sitio por su casa de lujo y las varias propiedades de las que eran dueños. Al igual que por las constantes visitas de personas importantes como el alcalde y el sacerdote de la iglesia católica y por las fiestas extravagantes que ocasionalmente celebraban para restregarle en la cara a los pobres del barrio su buena fortuna, la cual les había sido heredada de generaciones anteriores.

Ya a las seis menos cuarto, los padres de Margarita se encontraban caminando hacia la casa de los padres del novio. Se habían vestido con sus mejores ropas para dar una buena impresión. Salieron temprano de su humilde casa rumbo al camino de polvo que los habría de transportar a la carretera de asfalto por la cual llegarían a su destino. Herminio iba ensayando en su mente las palabras que habría de usar y de la manera que enfrentaría alguna inconveniencia, mientras que Clemencia solo pensaba en su hija y el dilema que ésta enfrentaba. A la misma vez, ella se encontraba un poco preocupada, porque si algo ella sabía de su esposo era de que él tenía un corto temperamento que era capaz de ir desde una paz inmensa a instintos asesinos en cuestión de un segundo. Así fue como los dos jíbaros llegaron al portón que bloqueaba la entrada a la casa de aquella familia. Herminio tocó el timbre y unos minutos más tarde un empleado de la familia les abría el portón mientras que los revisaba de arriba a abajo como si estos no fuesen unos seres humanos como lo era él. El hombre los guio hasta una plazoleta que había afuera de la casa y les instruyó a esperar por los amos de la casa.

"¡Buenas noches!" -dijo el padre del muchacho para anunciar su llegada.

"¡Buenas noches!" -respondieron Herminio y Clemencia.

"¿En qué los puedo ayudar?"

"Yo quería hablal con usted de su hijo Rubén."

"¿De Rubén? No entiendo."

"Su hijo lleva un chorro de mese viéndose con mi hija Margarita."

"Eso no puede ser, Rubencito tiene novia en San Juan."

"¿Cómo es?" -preguntó Herminio incrédulo a la vez que se le podía observar el disgusto en su rostro.

"Rubén ya está comprometido."

"Pue ese infeliz preñó a mi niña y me la va a tener que honrar como hombre que eh."

"¿Cómo dice usted? Rubén embarazó a su hija."

"Si él lleva bastante rato viéndose con mi hija."

"Lo que usted me dice es un poco difícil de creer."

"Pue créalo, señor, porque nosotros no somo unos embusteros."

"Señores, yo no los he llamado nada, solo es que no sé qué pensar."

"Nojotros solo queremo que se haga lo correcto con nuestra niña."

"Yo también, pero aun así necesito hablar con mi hijo para estar seguro de lo que estoy escuchando."

"Uste hablé con su hijo y apurao pue la niña ya no va a poder escondel la barriga por mucho tiempo ma'."

"Yo hablare con él inmediatamente y ahora por favor se me van de aquí que esta visita ha sido bastante desagradable para mí."

"Y pa' nojotros también." -recalcó Clemencia.

"Ya no andamo viendo en uno de esto día." -finalizó Herminio.

Al partir los padres de Margarita, Joaquín se quedó solo en su hogar, caminó al teléfono y realizó una llamada a su esposa Ramona. Luego de unos minutos, ella estaba enterada de lo sucedido y se le podía escuchar histérica al otro lado de la línea telefónica. Aquel error de su hijo menor los ponía en vergüenza, pues a aquella muchacha jíbara no era de la altura ni el calibre de un niño de cuna de oro como lo era su hijo. Cuando ella regresó a su casa, le propuso a Joaquín una solución muy sencilla:

"Podemos negarlo; después de todos a esa gentuza nadie le va a creer."

"No lo tomes por seguro, recuerda que esta no es la primera vez que Rubencito se envuelve en faldas jíbaras." -dijo Joaquín sin ninguna emoción en su voz.

"Pero es que ya él está comprometido con una muchacha de su nivel. No lo

vamos a casar con una muerta de hambre como esa.”

“Yo lo sé. ¿Qué tú opinas de ofrecerle dinero para que se callen?”

“Eso podría ser una solución.”

“¡No! Pensándolo bien, no creo que acepten, ese señor se ve muy orgulloso.”

“¿Y qué va a hacer ese muerto de hambre?”

“Tú sabes que es lo que puede hacer. Acuérdate de que esa familia es grande y todos los hijos de ese hombre son varones.”

“¿Y qué significa eso?”

“Qué Rubencito deshonró a la niña menor de edad y por eso en este barrio le cortan el cuello.”

“¡Ave María Purísima! No digas algo así.”

“Alguien tiene que pensar en la posibilidad de...”

“Ni te atrevas a repetir esas palabras.”

“Entonces tenemos que encontrar una solución perfecta.”

“Nosotros hablando y a Rubencito ni le hemos preguntado si esa historia es verdad.”

“Mujer créelo que es verdad. Ahora tenemos que solucionar este problema sin que nadie más se entere.”

“¿Qué podemos hacer?”

“¿Todavía tú le hablas a tu prima en Nueva York?”

“¿Qué tiene que ver mi prima en Nueva York con esto?”

“Aun nada, pero nos podría ayudar.”

“¿Qué es lo que estás pensando?”

Joaquín comenzó a explicarle su plan a su esposa. Lo primero que harían sería ponerse en contacto con la prima de su mujer, la cual vivía en la ciudad de los rascacielos para llegar a un acuerdo con ella. Luego se reunirán nuevamente con los padres de Margarita para plantearles la idea de casar a los muchachos en secreto con la condición de que se fueran de la isla para evitarle a su familia la vergüenza que aquel embarazo les causaba. Según Joaquín le explicó a su mujer, explicarían la ausencia de su hijo con la excusa de que se había mudado al extranjero a estudiar en una universidad muy exclusiva.

"¿Y de qué nos sirve esto si todavía tenemos que casar al muchacho con esa muerta de hambre?" -preguntó Ramona.

"Eso me lo dejas a mí."

Pasaron unos días y el empleado de aquella familia se puso en contacto con Herminio y Clemencia para comunicarles que su presencia era requerida en la casa de los padres de Rubén. Esta vez deberían de llegar más tarde para evitar ser vistos por las gentes del barrio. Los padres de Margarita aceptaron y unas horas más tarde, cuando ya el sol había descendido en el horizonte y el coquí había comenzado sus eternas serenatas a la luna, los dos se abrieron paso en el camino de polvo en la inmensa obscuridad de la noche. Al llegar a la casa del muchacho tocaron el timbre como lo habían hecho la primera vez y nuevamente el empleado de la familia les abrió con todo el desdén que se merecían por ser pobres y mal educados. Otra vez los llevó hasta la plazoleta y les instruyó que volvieran a esperar allí. Unos veinte minutos más tarde, Joaquín y Ramona llegaron al lugar luciendo en sus rostros el dolor de una decepción. Se presentaron con unos aires de superioridad de los cuales todo pobre del barrio conocía y comenzaron la conversación sin ningún tipo de inhibición a su desprecio por aquellos dos jíbaros.

"Estamos aquí para resolver este problema que tenemos." -comenzó Ramona.

"Y nojotros también." -respondió Clemencia con un poco de ira en sus ojos.

"Queremos que esto se quede entre nosotros y nadie más." -demandó Joaquín.

"¿Y cómo vamo a tenel eso en secreto?" -preguntó Herminio.

"Queremos saber que tomaría para que se vayan de aquí sin causarnos vergüenzas." -dijo Ramona.

"¿Qué es lo que usted está insinuando?" -preguntó Clemencia.

"Nosotros sabemos que ustedes no cuentan con nada de dinero y pensamos que podríamos llegar a un acuerdo mutuo que nos evite más desagrados." -respondió Ramona.

Al escuchar aquellas palabras, Clemencia, que era una mujer de medir sus palabras, perdió los estribos y comenzó a gritar en la mesa.

"Mire señora, no se atreva a ponel en duda nuestra dignida, nojotros somos gente pobre pero honrados y no le vamo a permitil a unos comemielda como ustedes que nos falten el respeto de esa folma. ¿Qué es lo que se han creído? Hijos e putas que se creen que por que tienen chavo pueden comprarlo to..."

"Clemencia cálmate mujel." -suplicó Herminio.

"¿Es que tú oye lo que esta señora acaba de decil?"

"No te preocupe, dejame resolvel a mí con el señor Joaquín."

Herminio dirigió su mirada a Joaquín, mientras que él observaba a su mujer con ojos de incredulidad. Esto no era lo que habían acordado. y su insolencia ponía en riesgo sus planes de resolver el asunto pendiente. Entonces volvió a mirar a Herminio y comenzó:

"Perdone Herminio, esto no era lo que yo tenía en mente." -dijo Joaquín con un poco de pena ensayada.

"A mí eso no me impolta, lo que yo quiero el resolvel el asunto y na'ma'."

"Yo creo que usted y yo podemos llegar a un acuerdo, que nos evite más problemas a los dos."

"Lo que yo quiero es que su hijo me honre la muchacha y ya."

"Eso es lo que estoy sugiriendo, pero para hacerlo debemos de hablar de algunas condiciones."

"¿Y cuale son esa condicione?"

Joaquín explicó que los muchachos por ser de diferentes posiciones económicas, el matrimonio entre ellos sería un poco complicado para él y su esposa. No obstante, él estaba de acuerdo con que su hijo Rubén hiciera lo correcto y honrara a Margarita como se debía. De todas maneras, ellos solo tenían en condición que el matrimonio se celebrara de manera civil y en un completo secreto. Luego de que se casaran, Rubén habría de viajar al exterior a completar sus estudios, pues esto ya estaba planeado antes de aquel inconveniente. Margarita se quedaría en Puerto Rico, mientras que su marido buscaba un lugar apropiado para que pudieran vivir. Después de todo eran él y su mujer cargarían con el cargo económico de aquella propuesta, y Herminio y su mujer no tenían que preocuparse, pues se les iba a honrar a su hija como ellos querían. Herminio escuchó el plan y miró a su mujer para ver si ella estaba de acuerdo. Clemencia lo miró y dijo firmemente con sus ojos llenos de rabia:

"No, a mi hija no me la van a mandal pa' ningún lao."

"Esas son nuestras condiciones." -dijo Ramona con rabia en sus ojos.

"Mejol vamo a la policía y lo repoltamo." -Clemencia respondió molesta.

"¿Y qué van a ganar con eso? Ustedes saben que el alcalde es amigo nuestro." -preguntó Ramona burlona.

"A mí no me impolta si ustedes son amigos del Papá en Roma, a mi hija no me la quita nadie." -respondía Clemencia sin pensar las consecuencias.

"Vieja." -interrumpió Herminio a su mujer poniéndole la mano en su hombro.

"¿Qué?" -contestó esta exasperada.

"Contrólate." -dijo Herminio.

"¿Es que tú no oyes lo que están dijendo?"

"Yo sé, pero hay que controlalse."

"¿Necesitan tiempo para decidir?" -preguntó Joaquín.

"Deme un minuto Joaquín." -pidió Herminio mirando a su esposa.

Herminio comprendía que lo que los padres de Rubén decían era verdad, y sabía que no mentían, pues más de una vez se había dado el caso de que un jovencito de alta sociedad había embarazado a una jíbara del barrio para luego evadir toda responsabilidad apoyado por el dinero de sus padres y los inescrupulosos políticos que los respaldaban. Él estaba tratando de hacer lo correcto por su hija y sabía que como hombre de pocos recursos tenía pocas posibilidades de salir victorioso en un argumento legal contra personas que podían pagar por la policía, el abogado y el juez. Fue por esta razón por la que se decidió a aceptar dejar que su única hija se fuera al exterior como el costo del error que ella había cometido de perder su virginidad con un ricachón del barrio. Estaba convencido de que no le quedaba otra opción, por lo que ahora tenía que convencer a su esposa a que accediera a aquellas condiciones. Luego de unos minutos se despidió de Joaquín y Ramona, mientras que les informaba que tomarían una decisión pronto. De camino a la casa, Clemencia lloraba de la rabia que sentía en contra de aquellas personas y hasta en contra de esposo.

"¡Vieja condena! Me dan ganas de agarrarla por el pelo y restregarla por el piso." -dijo enfurecida.

"Na ganamo con eso."

"¿Y tú de que lao estás?"

"Yo estoy del lao de mi hija y hay que sabel pensal las cosas."

"A mi niña yo no la voy a mandal pa ningún lao." -respondió llorosa Clemencia.

"Vieja, yo tampoco quiero peldel la niña ¿Pero qué opción tenemos?"

"Podemo il a la policía."

"Si vamos nos va a pasal como le pasó a la hija del compai Moncho. ¿No te acueldas?"

"Pue seguro que me acueldo de lo que le pasó a la hija del compai."

"¿Y sabes polque les pasó eso?"

"Pol no tenel chavos."

"Y polque al rico lo protege hasta el cura."

"Es que no me confío de esos desgraciaos."

"Yo tampoco, pero no creo que podamos pelealnos con ellos y ganal."

"Pero la niña se va a tener que ir."

"Creo que sí, aunque ni tú ni yo queramos."

Al llegar a su casa, Herminio y Clemencia se encontraban en diferentes estados de ánimo. Aunque los dos tenían rabia, de esa que se siente cuando las circunstancias ahogan y hacen que la gente se perciba que sus vidas no valen lo suficiente como para exigir respeto y justicia. Los dos estaban lidiando con la situación de manera diferente, Clemencia lloraba calladamente para no dejarle saber a nadie en la casa de su dolor, mientras pensaba en cómo habría de comunicarle a Margarita que sus tiempos de niña en la casa y en la isla estaban próximos a llegar a su fin. Por su parte, Herminio había salido de la casa a fumarse un tabaco y se fue a sentar en un banquillo al lado del árbol de moca. Sentado allí, pensó en lo difícil que sería el despedirse de su hija al mismo momento que sus puños se apretaban en una rabia reprimida. Luego de unos minutos pensó en lo que es ponerse viejo, pues en años anteriores él le hubiera cortado el cuello a Rubén y a su padre si era necesario; pero sabía que aquella idea solo le causaría dolor a su familia, especialmente a Margarita. Herminio se sintió perdido con la única opción que se le había ofrecido y después de que se le acabó el tabaco, se sintió vacío y resignado a ser un hombre pobre, sin recursos para defender su honor y el de su hija.

Al cabo de unos minutos entró a su humilde casita y encontró a Clemencia llorando en silencio mientras en la estufa hervía un té de anís y tilo. Se sentó frente a la pequeña mesa y miró a su mujer con una mezcla de penas y rabia. Ella lo miró a él y los dos sabían que, aunque no lo quisieran admitir, estaban enardecidos de la rabia y destrozados por la desesperanza. Clemencia miró a su esposo y preguntó:

"¿Que si no la casamos na y nos hacemo calgo nojotros?"

"Vieja nojotros no podemo hacelnos calgo de otro muchacho."

"Aquí se ha sobrevivió por un bando de año sin mucho."

"Eso es velda, pero los tiempo están cambiando."

"¿Es que tú no te has dao de cuenta que nos van a quitar la niña?"

"Margarita va a pagal por su errol y a lo mejol aprende de esto."

"Yo no confío en eso desgraciaos."

"Ni yo, pero el Rubencito me va a tenel que honral la niña o yo lo mato."

"¿Entonce?"

"Entonces esperamos hasta mañana y hablamo con Margarita."

"Yo no quiero que mi niña se me vaya tan lejos."

"Ni yo tampoco, pero que le vamo a hacel."

Los dos se pasaron unas horas hablando de lo que sin lugar a duda sería una conversación difícil de sostener con su hija. Unas horas más tarde se acostaron en su cama sintiéndose vacíos. Clemencia miraba hacia la pared, mientras continuaba llorando de la rabia. Herminio miraba al techo de zinc, concentrando su mirada en una araña boba que tenía una telaraña en una esquina, a la vez que repasaba en su memoria situaciones pasadas en las que este hubiera reaccionado de una manera definitiva y violenta. Pero esa versión de él ya estaba en el pasado vencido por la experiencia y los años. Tomó casi toda la noche para que se quedase dormido y cuando por fin cerró sus ojos cansados, el gallo anunció que el sol estaba casi despierto. Herminio se levantó de mal humor y se dirigió al baño a lavarse la cara para luego ir a la cocina donde se encontraba Clemencia, luciendo aun su disgusto de la noche anterior. Se miraron y sin decirse una palabra, entendían que estaban pensando en lo mismo. Unos minutos más tarde, Margarita entró a la cocina y sus padres la miraron con una mirada sincronizada, lo cual le causó un ataque de pánico al mirar a su padre a los ojos. Inmediatamente, comenzó a llorar mientras que musitaba algunas palabras:

"Perdóneme papá, por favor no me vaya a pegar..."

Herminio miró a su hija con una pena en el alma y pensó en el ejemplo que había dado por mucho tiempo y se le rompía el alma en mil pedazos al mirar a su niña, su única hija y sentirse avergonzado de las veces que en el pasado la había castigado con golpes e insultos; y a la cual ahora le tocaba consolar, para después hundirle el pequeño puñal de la decepción un poco más adentro del alma. Casi de inmediato se levantó de la silla y con la emoción apretándole el pecho y los ojos llenos de lágrimas que no dejaría escapar por eso de que los hombres no lloran, se dirigió a Margarita que lo miraba con el miedo que él se había ganado. Levantó sus manos y abrazó a su hija en el momento en que Clemencia se dirigía a abrazarla también, y allí abrazados los tres permanecieron unos minutos antes de que él se decidiera a separarse del grupo para iniciar lo que sería la conversación más difícil que habría de sostener con su hija.

'*No hay na' que peldonal mija.*" -comentó Herminio.

"*¿Yo polque no?*"

"*Polque lo hecho, hecho está.*"

"*Papá, usted siempre me ha cuidao y me ha puesto vergüenza y miré lo que hice.*"

"*Eso no es na'.*"

"*Papá yo soy la que falló y ahora estoy preña y ni tan siquiera sé si el paí del muchacho lo quiere.*"

"*De eso tenemos que hablal.*"

Herminio procedió a relatarle a su hija acerca de los eventos que habían transcurrido en los últimos días. Le contó de las dos reuniones con los padres de Rubén y de las dificultosas conversaciones que habían sostenido. Ella lo escuchó con mucha atención llena de esperanza de que aquellas charlas hubieran de terminar con el asunto de su embarazo resuelto, y también con su amado novio, honrándola con un matrimonio digno de una princesa de trapos. Herminio ya terminaba de relatar lo sucedido cuando le informó a Margarita de la decisión a la que habían llegado prácticamente obligados. Al escuchar esta última parte Margarita, se sentó en la silla, luciendo en su rostro la confusión de la inmadurez que la había llevado a estar en aquella situación.

"*¿Me tengo que dil pa alla fuera?*" -preguntó confundida

"*¿Eso es lo que los pai de Rubén quieren?*" -informó Clemencia con seriedad.

"*¿Y Rubén que dice?*"

"*A ese no lo vimo ni un día.*"

"*¿Y entonces?*"

"*Los pai de él fueron los que dieron la cara.*" -le respondió Herminio.

"Ese sirvelguenza se nos escondió." -dijo Clemencia frustrada.

"Rubén se va a casal conmigo y no lo sabe." -interrumpió Margarita.

"Ya debe estal entérao." -comentó Clemencia.

"¿Y pol que me nos tenemos que dil pa alla afuera?" -sollozó Margarita.

"Niña esas son las condicione de su familia." -dijo su padre.

"¿Y pol cuánto tiempo?" -preguntó llorando.

"De eso no hablamos." -dijo su padre.

"¡Ay mami yo no me quiero dil pa alla!"

"No nojotros no queremos, pero no nos queda de otra." -dijo Clemencia mirando a su hija.

"Uste cometió el errol de confial en ese infeliz y a uste le toca correl con la consecuencia." -dijo Herminio.

"Yo no quiero dilme, yo voy a hablal con Rubén."

"No creo que de na' valga, pero trata a vel." -comentó Herminio pensativo.

Margarita salió de la cocina envuelta en rabias y confusión, pues en una parte sus sueños de ser la señora de Rubén le emocionaban su corazón enamorado, pero en la otra parte eso mismo le costaría un exilio forzado en el exterior. Unas horas más tarde regresó a su casa y Clemencia, sentada en el banco al lado del palo de moca, la recibió con una mirada de entendimiento, pues Margarita le dijo con su lenguaje corporal lo que ya ella sabía. Se sentó al lado de su mamá y con la decepción escurriéndosele del cuerpo le dijo:

"No pude vel a Rubén."

"¿No estaba en la casa?"

"Creo que sí, pero no salió y no me dejaron entral."

"Yo te lo dije a ti que ese infeliz no era bueno."

"Ay mami, no diga así."

"¿Y qué quieres que te diga que es un hombre decente?"

"Él es un buen hombre."

"Si salió al pai es un engreído infeliz."

"Ya uste vera que él me responde."

"Esperemo en Dios que sea así."

Así se pasaron unas dos semanas y los padres de ambos acordaron la fecha y el lugar donde se habría de celebrar la boda más secreta de la historia. Aquel día llegó sin que Margarita pudiera ponerse en contacto con el futuro padre de su hijo. En la ceremonia no hubo celebraciones ni sonrisas y hasta se podría confundir por el funeral más triste que se hubiese presenciado. Rubén se mostró frío y sin emociones, mientras que el juez amigo de sus padres le preguntaba si tomaba a aquella jíbara como su mujer. Lo pensó por unos segundos y luego dio el sí, sin ni tan siquiera mirar a la novia. Unos minutos más tarde, Margarita también dio su sí; se hizo la declaración del matrimonio e inmediatamente todos los que allí estaban desalojaron el sitio. Unos días después, Rubén se montó en un avión en la ciudad de San Juan con destino a Nueva York, donde tenía como meta buscar una vivienda para esconder su vergüenza. Al menos eso era lo que les habían dicho a los padres de Margarita.

Tres semanas más tarde fue el turno de Margarita y con una gran tristeza sus padres la llevaron al mismo aeropuerto, para despedirla. Clemencia no dejo de llorar pensando en la injusticia que se estaba cometiendo en contra de su familia, mientras ella no lo podía evitar. Al llegar al aeropuerto la familia hizo la línea hasta donde se les fue permitido y antes de despedirse Clemencia se desprendió una cadena de oro que poseía el último recuerdo de su madre Francisca. En esta cadena se encontraba un prendedor con la imagen de la Virgen de la Providencia. Abrazó a su hija y le prendió el mismo en el cuello. Al mirar esto, Margarita rompió en llanto, pues ella sabía que aquel amuleto su mamá lo guardaba como el tesoro más grande de su pobre vida.

"Ma no pol favol no me de eso." -le dijo a su madre en medio del llanto.

"Mija yo quiero que te lleves a mi Vilgen de la Providencia pa' que ella te gualde como lo ha hecho conmigo."

"Ma esta virgen era de la abuelita, yo no me la puedo lleval."

"Tú si pue además cuando vuelvas la puedes trael pa' tras."

"Mami, ay mami."

"Mi niña que Dios te cuide."

"Y que Dios me la bendiga y me la acompañe siemple." -añadió Herminio conmovido por aquella escena.

"Papá yo…"

"No te preocupe que nojotros aquí estaremo cuando tú vuelva con el culicagao tuyo."

Margarita terminó aquella despedida y se montó en el avión que en unas horas la llevaría a la gran ciudad de Nueva York, a comenzar su nueva vida de inmigrante y mujer casada. Estaba muy nerviosa en el avión, pues nunca había viajado y también porque logró escuchar a algunos ciudadanos americanos hablando el idioma inglés, el cual ella no entendía. La atacaron los nervios cuando la nave despegó por completo y sintió un vacío en el estómago y un poco de mareos cuando el avión comenzó su acenso principal. El viaje fue bastante tranquilo, sin turbulencias que durasen más de unos segundos, hasta que comenzó el descenso de la nave en la ciudad de Nueva York. Margarita miraba por la ventanilla mientras que sentía dos vacíos en el pecho. Uno era el vacío de haber dejado a su extensa familia atrás y el otro el vacío que se siente cuando un avión aterriza. Era el mes de marzo del año 1962 y para aquella jovencita de diecisiete años el frío que habría de experimentar era inexplicable. Miraba al cielo y lograba ver el sol, pero no sentía su calor. Aun dentro del terminal que contaba con calefacción se estaba frisando.

Unos treinta minutos desde que había desembarcado el avión, Margarita se había sentado en un banquito del terminal a esperar a Rubén, pues él no estaba allí esperándola como lo habían acordado con sus padres tres semanas atrás. Pasada una hora él se apareció y al ella levantarse a abrazarlo, la esquivó como se esquiva a un pordiosero en la calle. Ella lo miró extrañada mientras que él le indicó que levantara su maleta para caminar hasta donde había estacionado su vehículo. Llegaron al auto y se pusieron en marcha hacia su nuevo hogar. Luego de unos cuarenta minutos habían llegado al condado de Brooklyn y Rubén conducía por debajo de los carriles del tren.

En un momento imprevisto detuvo su auto y miró a Margarita de frente antes de comenzar a hablar:

"Margarita, hasta aquí es que llegas tú."

"¿Qué?"

"Que quiero que te bajes de mi auto y no quiero verte nunca más."

"Rubén mi amol esa broma es de mal gusto."

"Esto no es broma, bájate de mí auto y desaparécete de mi vida."

"De que tú habla yo soy tu esposa y tú eres el pai de mi hijo."

"Yo no quiero saber de ti ni de ese muchacho. Yo estoy aquí por culpa tuya y yo nunca me iba a casar contigo."

"Yo no me voy a bajal del carro, tú no me puede hacel esto."

"Te dije que te bajes ya o te bajo yo mismo."

"¡Que no me voy a bajal na'!"

Rubén apagó el vehículo y caminó alrededor hasta llegar a la puerta del pasajero. La Abrió y agarró a Margarita por los hombros para forzarla a bajarse del auto. Ella forcejeó con él, pero Rubén logró bajarla del auto, la empujó a la acera y le tiró la maleta al lado, mientras que la llamaba puta y le amagaba con la mano. Se montó en su auto y lo puso en marcha mientras que la muchacha lloraba desconsolada, tirada en la acera con su maleta. La mayor parte de la gente que la miró allí no le ofrecieron ayuda para levantarse y los que lo hicieron lo hacían en un idioma que ella no entendía. Luego de unos minutos Margarita se paró del suelo y se fue a sentar al lado de una alcantarilla que votaba humos como si debajo de la misma hubiese un fuego encendido. Sentía un frío insoportable y estaba perdida en los Nueva Yores sin contar con un centavo para comer. Estaba aterrorizada porque estaba embrazada, sin rumbo en un nuevo mundo y totalmente sola. En un momento el lugar se llenó de un ruido de metales raspándose el uno al otro y ella se asustó al mirar hacia arriba y ver el tren haciendo una de sus paradas. Todo era tan diferente a su barrio verde lleno de naturaleza. El lugar se veía sucio y feo, no como los retratos que había visto en alguno que otro libro.

Ya el sol comenzaba su descenso diario, cuando Margarita, llena de miedos se dio cuenta de que la noche le llegaría sin comer, muriéndose de hambre, miedo y fríos. Sacó dos o tres trajes de su maleta y se los puso tratando de mitigar el frío que la agobiaba y de esconder un poco su barriga en la que ya se le notaba su estado de embarazo. Luego comenzó a buscar algún rincón donde se podría esconder de la noche y lo encontró debajo de una escalera de la estación de tren. Se metió debajo de esta y ya parecía una pordiosera común vestida con vestidos múltiples y con la cara hinchada de las lágrimas lloradas a través de aquel día. Fue así como al llegar la noche Margarita sintió que se iba a morir por motivos del frío o por el terror de sentirse como estaba, abandonada en una calle de un país extraño. Antes de acostarse en el piso congelado, hizo una pequeña oración a su Virgen de la Providencia para luego quitarse la cadena con aquel amuleto y guardársela en su ropa interior. La noche le pasó sin eventos, nadie la molesto, aunque alguna que otra persona se detuvo a mirarla con curiosidad.

En la mañana se levantó y caminó lentamente, pero sin rumbo. Se detuvo una que otra vez a mirar en las vitrinas de los negocios de comida, mientras que las tripas en su estómago ya se retorcían del hambre. Indignada por aquel abandono, se negó a sí misma el hambre que sentía y continúo caminando. Ya casi al mediodía el cuerpo no la daba para más, pues sus energías se estaban agotando. Fue así como tomó la determinación de ir a los zafacones de uno de los negocios, por los que había pasado, y buscó en estos los desperdicios que los patronos del lugar habían tirado. Con asco, pero sin tener de otra, comió alguna que otra cosa de las que encontró en la basura y se bebió la mitad de una soda que alguien había tirado allí. Así se pasó los primeros días de su llegada a Nueva York, deambulando por la calle, sin manera de comunicarse y con el frío de un invierno que comenzaba a morir.

Mientras tanto, Rubén se había ido a casa de la prima de su madre, donde se había quedado desde que sus padres lo mandaron con instrucciones específicas de un plan del que no se podía desviar. De acuerdo con los deseos de su padre Joaquín, él tenía que recoger a Margarita en el aeropuerto y después se tenía que deshacer de ella. Como lo haría no era su problema. Después se quedaría unas semanas más en la casa de su familiar para luego regresar a Puerto Rico y reportar que su amada esposa se encontraba perdida en Nueva York o simplemente se le estaba escondiendo. Esto lo usarían en la corte y con la ayuda de un juez amigo de la familia declararían el matrimonio nulo para que él se pudiese casar con la novia que sus padres le habían escogido. Rubén siguió el plan al pie de la letra, pues en realidad nunca pensó que en sus incursiones de picaflor que debería de honrar a ninguna de las muchas muertas de hambre a las que había conquistado con promesas de amores y mejores vidas.

En esos días Margarita ya parecía una pordiosera de profesión, pues estaba sucia y apestaba a sudor y orines, y todas las tardes se escondía debajo de las escaleras de la estación del tren. Una mañana se levantó y su corazón dio un brinco cuando se encontró de frente a una mujer que la miraba con curiosidad. No se atrevió a decir nada y los nervios no la dejaban moverse. De repente la mujer la miró y preguntó:

"¿Niña por qué estás aquí?"

Al escuchar a la mujer hablarle en español, Margarita comenzó a llorar de la emoción de poder comunicarse con alguien, aunque fuese un extraño. Miró a la mujer de frente y le contó toda la historia de los que habían sido sus primeros días en aquella ciudad. La mujer la escuchó atenta y ocasionalmente se le escapó una lágrima que otra, mientras que la miraba con una gran tristeza. Cuando la jovencita había terminado su historia le hizo una pregunta a la mujer:

"¿Me puede lleval a la policía o a alguien que me ayude?"

"No." -dijo la mujer mirándola de frente.

Margarita, miró hacia el piso y comenzó a sollozar al sentirse nuevamente sola. La mujer se arrodilló frente a ella y le puso una mano en el hombro mientras le decía:

"¡No! Te voy a llevar conmigo a mi casa..."

Margarita no supo que hacer, una parte de ella sentía un gran alivio al saber que ya no amanecería debajo de las escaleras de la estación del tren y otra parte de ella sentía miedo, pues ella no conocía a aquella señora e irse con ella podía ser un error que podría pagar con su vida. Entonces buscó dentro de su alma tratando de tomar la decisión correcta. Una corazonada le decía que las intenciones de aquella mujer eran buenas mientras, que otra le contradecía recordándole que a la última persona en la que confió la había dejado abandonada en una calle de una ciudad a la que ella no conocía. Todas estas cosas corrían por su mente cuando una voz la interrumpió con una pregunta que debería de contestar de inmediato.

"¿Qué dices? ¿Te vienes conmigo?"

"¿Dónde usted vive?" -preguntó cautelosamente.

"Yo vivo a unas cuadras de aquí."

"¿Y usted vive sola?"

"Sola, no muchacha no. Yo vivo con mi esposo porque mis hijos están grandes y se han casado los dos."

"¿Y uste me quiere llevar a su casa, así como yo estoy y sin conocelme?"

"Si está bien contigo, es lo menos que puedo hacer. ¿Qué Dices?"

"Está bien."

"Cuando llegues a mi casa te quitas esa ropa y te bañas."

"¡Gracias!"

"Ok. Pues yo me llamo Eugenia, ¿Y tú?"

"Margarita."

Eugenia, se llevó a la muchacha a su casa y le señalo el baño donde habría de tomar su primer baño en unos días. Margarita, aun un poco nerviosa por la incertidumbre de su situación, cerró la puerta del baño y limpió su cuerpo lentamente. Su barriga continuaba creciendo y esto le causaba rabia al saber que aquella criatura era y no era la causa de su situación. Al terminar de bañarse sacó ropa limpia de su maleta y se colgó el collar que su mamá le había regalado. Al salir los olores de alimentos cocinándose que se dispersaban por el apartamento llegaron a su nariz y recordó que hacía unos días estaba comiendo los desperdicios de otros en la calle. Eugenia le había preparado un poco de café y se lo sirvió con unas galletas de soda y un pedazo de queso. Le hizo señas a Margarita con la mano y ella se sentó a la mesa a devorar lo que había en el plato. Saboreando aquellos alimentos, Margarita, sintió un gran alivio emocional a la vez que la mujer le decía:

"Cuando termines deberás de escoger tu cuarto."

"¿Mi cuarto?" -preguntó confundida.

"Aquí hay dos cuartos vacíos llenos de porquerías de mis muchachos. Por eso tienes que escoger uno para vaciarlo y mover todos los motetes[6] de un cuarto al otro."

"Pero, pero..."

"Pero nada si te vas a quedar con Pablo y conmigo debes tener tu propio espacio."

"¿Pero es que yo estoy preña y que va a pasal cuando nazca el niño?"

"Nada, el cuarto es suficientemente grande para ustedes dos."

"¿Y por qué usted haría eso pol mí?"

"Niña todos tenemos una historia que contar. Además, yo no me perdonaría, no ayudar a una muchacha protegida por mi patrona de la Providencia."

Margarita tocó el amuleto emocionada a la vez que recordaba las palabras de su mamá: *"Mija yo quiero que te lleves a mi Vilgen de la Providencia, pa' que ella te gualde como lo ha hecho conmigo"*. Esto le reafirmó un poco de la fe que había perdido en los últimos días; a la misma vez que miraba a la mujer con una gran emoción y le daba las gracias.

"No tienes que agradecerme nada. Además, nosotros siempre quisimos tener una hija. A lo mejor Dios me la envió tarde contigo. Ahora vamos a preparar la mesa para que cuando Pablo llegue podamos comer."

"¿Y él no se enfogonará[7] porque yo esté aquí?"

"¡Ay bendito! Si ese es más bueno que yo."

Al llegar el esposo de Eugenia, ella lo recibió con la noticia de lo que había hecho sin consultarlo. Él se notó un poco incómodo, pero vino a aceptar que a su esposa todavía la afectaba la pérdida de su única hija, algo que no le mencionó a Margarita y de lo que ella no se enteraría por mucho tiempo. De todas maneras, Pablo se mostró cortes y amable con Margarita, pues entendió que ella no tenía la culpa de lo que le estaba pasando y después de

---

6. *Motetes: Gran acumulación de artículos en un lugar.*

7. *Enfogonara: Enojara.*

todo su esposa no mentía, a él también le hacía falta, llenar aquel espacio vacío que dejo un hombre borracho al atropellar a su niña, cuando esta regresaba de la escuela. En la mesa se habló de todo a la prisa y cada uno de ellos hizo preguntas o relató anécdotas para romper ese hielo de lo que es ser desconocidos forzados a conocerse rápidamente. En un momento se comenzó a hablar de las familias y esto le hizo acordarse a Margarita de su familia. Pablo se levantó de la mesa y se fue a la cocina a llevar el plato para luego salir al pasillo del apartamento a fumarse un cigarrillo. Eugenia y Margarita se quedaron sentadas en la mesa, hablando de varios tópicos, hasta que ésta última dijo que faltaba algo por hacer:

"Hablando de la familia, tengo que escribil una calta pa' mi mamá y mi papá." -dijo esta con urgencia.

"Si lo que me contaste es verdad, tienes que ser un poco discreta."

"¿Discreta?"

"Sí, porque si le dices a tus padres la verdad les causaría mucho dolor."

"Mi papá lo mata si lo sabe, o a lo mejol mis hermanos."

"Entonces no se le puedes decir todo de una vez."

"Es que yo tengo que dejarle sabel, pa' que lo sepan."

"Yo sé que tú tienes que decirle a alguien que tú conozcas, pero piénsalo antes de mandar la carta."

"¿Y que se supone que yo haga?"

"A lo mejor le mandas una carta a tus padres y otras a cualquiera de tus hermanos, que no vaya a cometer una locura."

"A mi hermano Cándido, él es bien calmao."

"Ok pues entonces escribimos dos cartas."

"Dos Caltas, una con toa la veldad y otra pa' que mis viejos no se preocupen."

"Creo que eso es lo más prudente que se puede hacer."

Eugenia continuó explicándole a Margarita que la prudencia era más necesaria en aquel momento que la verdad. Le instigó a pensar en Herminio y de cuál sería su reacción al enterarse de lo que Rubén había hecho. Margarita en su inmadurez y la rabia, pensó que a lo mejor eso era lo que aquel hombre se merecía. Eugenia por su parte la hizo comprender las consecuencias que Herminio habría de sufrir tratando de tomar la justicia en sus manos. Luego de una ardua conversación entre ambas, se decidieron a enviar dos cartas, y ninguna de estas les llegarían a los padres, sino que se las enviaría a su hermano mayor Cándido, quien sabía leer y escribir, algo que ninguno de sus padres sabían hacer.

Al día siguiente enviaron un sobre a Cándido, en él había dos cartas y un pequeño papel con instrucciones de cómo comunicarles a sus padres la presente situación ella. Por su parte Rubén ya estaba desesperado, pues su vida de niño engreído no era la misma en la casa del familiar de su madre. Después de esperar dos semanas más, se regresó a Puerto Rico a poner en marcha la segunda faceta de aquel plan de evitar vergüenzas. Al regresar a su hogar se mantuvo escondido por unos días y solo salió de su casa para ir adonde el juez quien era amigo de su padre. Por su parte Cándido ya había recibido las dos cartas y aún debatía en su corazón la decisión de mentirles a sus padres para proteger a aquel desalmado. Finalmente, decidió que era mejor evitar problemas y fue a visitar a Clemencia y Herminio para contarle; las buenas noticias a través de una carta. Al llegar a la casa de sus padres saludó como lo solía hacer:

"¡Bendición Mami! ¡Bendición Papi!" -dijo Cándido.

"¡Que Dios lo bendiga!" -respondieron los dos.

"Viejos me llegó una carta de Margarita."

Al oír esto Clemencia paró de hacer lo que estaba haciendo y lo miró con alegría luciéndole en su rostro. Herminio reaccionó de la misma forma, pero disimuló su alegría a la vez que preguntaba:

"¿Está bien la niña?"

"Si está bien."

"¿Y qué dice la carta?" -preguntó Clemencia ansiosa.

"Se la leo ahora." -dijo Cándido sacándose la carta del bolsillo de su guayabera y comenzó a leer:

"Mamá y Papá les escribo esta carta para dejarles saber que estoy bien y para que no se preocupen por mí. Les tengo que contar que cuando llegué a Nueva York no me pude encontrar con Rubén. No sé qué paso, no lo pude encontrar. Aun así, no quiero que se preocupen, pues conocí a una señora que se llama Eugenia, ella es de Ponce y lleva muchos años viviendo aquí en Brooklyn. Ella me encontró en el aeropuerto y me dijo que me podía quedar con ella hasta que yo quiera irme. Por el momento no he decidido que hacer..."

Cándido continuó leyendo hasta que terminó de leer aquella mentira con esperanza de que Herminio entendiera y así poder evitar problemas. Luego de un momento, Herminio y Clemencia se miraron entre sí, y miraron a su hijo con ojos de incredulidad. Lo que estaban escuchando no tenía mucho sentido y Herminio habló en voz alta:

"¿Y aonde está ese hijo e puta que no recogió la niña del avión?"

"No sé viejo, Margarita dice que no nos preocupemos y eso es lo que importa."

"¿Tú no lo has visto por ahí?"

"Yo no lo he visto."

"Hay que il a la casa de los pai de nuevo."

"¿Y para qué?"

"Pa' sabel polque no se apareció a buscal la niña."

"¿Y de qué nos sirve eso?"

"Yo lo que quiero es una respuesta."

Herminio se levantó de la silla y se dirigió fuera de la casa. Clemencia salió corriendo detrás de él. Fuera de la casa sostuvieron una discusión intensa en la que los dos se ponían de acuerdo en algún punto y desagradaban en otros. Cándido salió y les habló a los dos tratando de convencerlos de que aceptaran la voluntad de Margarita de no juzgar a Rubén. Luego de unos minutos intensos, en los que más de una vez le tuvieron que impedir a Herminio buscar su machete, Clemencia y Cándido lograron calmarlo y éste entró a su casa, luciendo aun el coraje que llevaba suprimiendo varios meses.

Unos días más tarde, Clemencia le envió respuesta a su hija con la ayuda de

Cándido y en la carta le pedía que regresara a casa y después se resolvía lo del embarazo. Pasaron unas semanas y Margarita respondió que, aunque ella quería volver sentía que Dios le había puesto a Eugenia en su camino y con su ayuda ella echaría para adelante. Fue así como Margarita había tomado la decisión de no dejar a nadie arruinarle su vida y las esperanzas que cargaba en su ser. Clemencia sintió un poco de celos de aquella desconocida que al parecer le robaba un poquito de su hija, pero reconoció en ella un poco de la determinación y el orgullo que ella misma sentía ante las injusticias de la vida. Herminio, por su parte no dejaba de pensar en que la versión de lo sucedido no cuadraba con la realidad, pero le había prometido a su esposa y a sus hijos que respetaría la decisión de su hija y no buscaría explicaciones de Rubén o de la familia de este. De todos modos, tratando de cumplir con aquella promesa se le lastimaba ese orgullo de hombre macho. Ese que saca la cara por su mujer y mata a cualquiera por su hija. Así se pasaba los días pensando, en el pasado y terminó por acostumbrarse a la idea de que a lo mejor Dios sabe lo que hace, algo que su esposa continuaba repitiéndole.

Mientras tanto, Rubén ya se cansaba de esconderse, pues a un hombre como él, aquellas muchachas pobres a las que había defraudado, solo le debían las admiraciones por haberse fijado en ellas. Al pasar los días comenzó sus incursiones en el barrio y pudo divisar la próxima muerta de hambre a la que honraría con su amor temporero. Un día caminando por el barrio Cándido logró verlo saliendo de la casa de otra niña pobre. Andaba bien vestido con sus ropas de ricachón y por lo que se podía notar bien emocionado con su nueva conquista. Cándido sintió como la sangre le hervía en la piel y con el calor de aquella rabia se le fue toda la calma que lo definía como persona. Su primera intención fue de ir y enfrentar a Rubén, de no darle tiempo a responder y lanzarle un puño a la cara, quizás matarlo como a un perro. Más, sin embargo, eso no fue lo que hizo. Se fue a su casa y llamó a algunos de sus hermanos para contarles acerca de la carta de Margarita y de lo que había visto la noche anterior. Les hizo jurar por su madre que no harían nada sin premeditarlo, pero a la misma vez les dijo que algo harían.

Unos días después, Rubén volvió a salir de la casa de aquella otra muchacha y se dirigía a su auto, el cual estaba estacionado a la orilla de la carretera principal. Se disponía a abordar el mismo cuando sintió un fuerte dolor en la cabeza. Unos minutos más tarde, cuando trató de abrir sus ojos, sintió unas vendas que le cubrían los mismos. Al mismo tiempo se dio cuenta de que estaba completamente desnudo y que tenía las manos y los pies amarrados. Alrededor de él caminaban varios individuos sin pronunciar palabra alguna. De repente el terror se apoderó de su cuerpo y se orinó en aquel lugar donde estaba amarrado, amordazado y desnudo. Rubén trató de gritar, pero no podía, y a través del paño que le cubría los ojos, los individuos pudieron ver las lágrimas que el terror le inducía. Esto les causó más rabia al pensar en las cosas que aquel desalmado había hecho. Uno de los individuos saco una curvia y comenzó a cortar en el pecho del hombre, que trataba de moverse mientras que dos o tres personas lo aguantaban en contra de su voluntad. Al cabo de unos minutos, Rubén sollozaba de dolor en el suelo, aun confundido por el dolor de cabeza y la desgarradora sensación que se extendía de un lado de su pecho al otro. Unos segundos más tarde sintió como alguien se le acercó a un oído, mientras musitaban unas palabras que le enviaron otro golpe de histeria a aquel hombre ya aterrorizado:

"Si te vuelvo a ver por el barrio te voy a cortar la cabeza, así que tienes tres días para desaparecerte de aquí".

Nuevamente un golpe en la cabeza mandó a Rubén a la inconsciencia y al despertar se dio cuenta de que estaba desatado y su ropa estaba a unos pies de él. Se encontraba en el medio de un monte y ya era de noche. Caminó en la obscuridad y encontró el rumbo a su automóvil, abordo el mismo y se dirigió a la casa de sus padres. Al llegar se fue al baño y se paró frente a un espejo a mirarse el pecho, y allí en el mismo tenía una sola palabra escrita en su propia sangre: "Puerco". Al leer este mensaje el terror se volvió a apoderar de él. Al otro día salió en su automóvil y nunca más se le volvió a ver por aquel barrio. Los rumores de lo que había sucedido con él eran los mismos de siempre. Algunos decían que Rubén se fue de la isla a terminar sus estudios en el exterior. Otros decían que se casó con una muchacha de sociedad al otro lado de la isla. La verdad de lo que pasó con él solo la conocían sus padres Joaquín y Ramona, y unos desconocidos que lo habían secuestrado y golpeado sin ninguna explicación.

En la ciudad de Nueva York, Margarita ya se había acoplado a su nueva familia. Eugenia y Pablo se habían convertido en sus padres adoptivos. En aquella casa aprendió a leer y escribir correctamente y Eugenia le instruyó en toda la doctrina católica de la cual las dos eran parte. Todas las noches Margarita hacia su oración aguantando a la Virgen de la Providencia que su madre Clemencia le había prendido del cuello en el aeropuerto, y de esta forma se proveía con la seguridad de que había tomado la decisión correcta al quedarse tan lejos de su familia. Unos meses más tarde nació su hijo, al que llamó Pablo Herminio en honor de sus dos padres. La llegada de éste fue para ella una mezcla de sentimientos de esperanzas y odios que guardaba en su corazón. Eugenia la instó a concentrarse en el amor que tenía que darle a aquel niño y de que no repitiese odios que no la llevarían a nada bueno.

Unos meses más tarde Margarita conoció a un joven llamado Ricardo, con el que habría de casarse unos años más tarde con la bendición de Clemencia y Eugenia, para formar su propia familia. Y de la mano de él la mujer conoció el amor por primera vez y por muchos años los dos trabajaron y educaron a sus hijos de la misma forma en la que Eugenia había educado a Margarita. En el presente Ricardo ya se había ido a descansar, después de pelear con una larga enfermedad que le quitó la vida y dejo a Margarita casi sola, pues aún la virgen de su abuela la protegía. En estos momentos sentada al borde de su cama Margarita terminaba aquel recorrido por el pasado y por primera vez en muchos años se sintió totalmente perdida en la ciudad donde había vivido por más de cuarenta años. Luego de llorar desconsoladamente salió del cuarto, aun pensando en aquel muchacho que le había robado y en la posibilidad de que no regresara el próximo invierno como lo había hecho en los últimos años. Ella sabía que cada vez que le extendió la mano, él le pagó con robarle algo antes de irse con la llegada de la primavera, y de todas maneras estaba dispuesta a perdonarlo con tal de que él no pasase una noche debajo de las escaleras de la estación del tren, como lo había hecho ella.

Margarita caminó hacia la cocina y como en todas las mañanas, les encendió una vela a las estatuillas de sus santos católicos y los pies de estas se podían dividir pequeñas fotos de sus más preciados ángeles, Clemencia, Herminio, Eugenia, Pablo y Ricardo. Todos morando en la presencia del señor como se lo merecían. Al mirar aquellos rostros a los pies de sus santos Margarita se sentía eternamente agradecida de que Dios le hubiese puesto en el camino a aquellas personas a las que le debía más de lo que ella pudiera pagar en una vida más. Se sentó a la mesa a comerse unas galletas de soda con café, como lo había hecho tantos años atrás en su primer día en la casa de aquella santa mujer a la que su Virgen de la Providencia la había puesto en el camino. Sollozó por unos momentos y pensó en la ironía de haber perdido aquel amuleto, haciendo por aquel ladrón lo que Eugenia había hecho por ella.

Pasaron unos días y el vacío que sentía no la dejaba en paz, pues se sentía desprotegida sin aquel amuleto. Afuera los árboles comenzaban a enseñar sus flores y el verdor de sus hojas, cuando Margarita miraba por su ventana todavía extrañando el sentirse sola sin su protección divina. Aun así, si aquel muchacho que le había robado regresaba en el invierno ella no lo dejaría en la calle, eso ella no lo podía hacer no importase el pecado que aquel ladrón había cometido. Ella no era quien para repetir el odio y el desprecio que le había robado a ella su inocencia y un gran pedazo de su alma tantos años atrás. Además, que diría mamá Eugenia si ella se atreviese a hacer con aquel muchacho lo que Rubén había hecho con ella. No viviría tranquila pensando que de una forma u otra deshonraría la memoria de aquella santa mujer, que la había rescatado debajo de unas escaleras y le había dado la oportunidad a la felicidad que ella nunca sintió que se merecía. Era por eso por lo que, aunque el dolor de la traición todavía la molestaba, si el muchacho volvía ella habría de recibirlo como si nada hubiese pasado.

Una mañana al levantarse Margarita sintió que alguien le tocaba la puerta y al abrirla logró ver a un muchacho que corría a la esquina de la cuadra buscando desaparecerse antes de que ella lo divisará. No estaba segura, pero le pareció que era su nieto Pablito. Al voltearse a entrar a su casa pudo ver que, en la cerradura de la puerta, colgaba una vieja cadena de oro y al final de esta se encontraba a la Virgen de la Providencia que había heredado de su abuela. La mujer tomó la cadena emocionada y las lágrimas de la alegría que brotaban de sus ojos no eran lo suficiente para expresar el agradecimiento que sentía cuando alguien le había regresado una parte de su alma. Era el principio del mes de abril y la primavera regresaba con su verdor y con sus flores al mismo tiempo que le traía de vuelta a Margarita el único recuerdo de su vida antes de que un desalmado tratara de robarle la esencia de su ser. Margarita mirando hacia afuera, con aquel collar prendido de su cuello sonreía al pensar que allá, en el cielo Clemencia, estaría contenta de que aquel amuleto familiar colgaba nuevamente del cuello de su hija. Eugenia estaría bailando al enterarse que Margarita, aún era aquella alma bonita que ella había ayudado a rescatar y la cual en aquellos momentos se encontraba sentada en la ventana esperando que las flores crecieran y le pintaran de otros colores los horrores de una primavera del pasado de la que nunca se había olvidado.

El Féretro

AQUELLA MAÑANA AMANECIÓ NEBLINOSO mientras las nubes se paseaban entre las montañas y colinas del barrio. A lo lejos, se podía escuchar el cantar de los gallos, anunciando que un nuevo día estaba comenzando. Como todas las mañanas, los vecinos se levantaban, colaban café, y luego se dirigían a sus trabajos. Algunos conducían sus carros, mientras que otros esperaban que alguien les diera pon[1]; o tomaban el transporte público que los llevaría a su lugar de empleo. Ese era un amanecer típico en un barrio en Puerto Rico. En aquel barrio todos se conocían, lo cual facilitaba la comunicación y cooperación entre los vecinos. En el transcurso de este nuevo día, los vecinos se fueron enterando de que en horas de la madrugada había muerto un vecino llamado Fausto, lo que pondría en marcha los procesos fúnebres.

Ya al mediodía, se podía escuchar el murmurar de la gente que hablaban acerca de las circunstancias de la muerte de Fausto. Hablaban de lo que sabían y de lo que no también. De lo que se imaginaban que había ocurrido y hasta de lo que ellos mismos le añadían a la historia de la súbdita muerte de aquel hombre.

"¿Te enteraste de quien murió anoche?" – le preguntó Jorge a Juan.

---

1. *Pon: Expresión local que significa llevar a alguien en tu carro sin cobrar por esto.*

"No, yo no he oído na'."

"Se murió Fausto."

"¡Fausto! ¿Y qué le pasó?"

"Dicen que fue un ataque al corazón."

"¿Un ataque al corazón?"

"Eso es embuste[2]. -comentó Luciano uniéndose a la conversación.

"Eso es lo que yo oí." -dijo Jorge alzando las manos.

"No, Fausto se murió de un infarto masivo." -comentó Luciano mirando a ambos hombres.

"Bueno, yo lo que sé es que se murió." -comentó Jorge.

"Pues que descanse en paz." -dijo Luciano.

"¡Nah! Si ese descansa en paz, yo soy el santo Tomás." -dijo Jorge indignado.

"Que Dios te reprenda esa lengua. ¿Cómo te atreves a hablar así?" -preguntaba Marta que se había unido a la conversación.

"Bueno ustedes saben lo que yo digo y aunque no lo quieran admitir saben que es verdad." -dijo Jorge con firmeza.

"Aun así, no se habla de esa forma de una persona que ha muerto." -comentó Marta en forma de regaño.

"¿Y qué? Ahora tenemos que pretender que ese hijo de puta era un santo." -dijo Jorge un poco alterado.

"¡No es eso! Es que hay que respetar el dolor ajeno". -dijo Marta a Jorge mientras movía sus manos.

"Lo que usted diga señora, lo que usted diga." -dijo Jorge volteando ambos ojos.

---

2. *Embuste: Mentira.*

Mientras los vecinos comentaban y regaban la noticia de la muerte como si fuera un chisme, la familia del muerto esperaba por las autoridades correspondientes, para que el cuerpo fuera trasladado a la funeraria, donde prepararían el mismo y luego lo regresarían a su casa para el velorio. Durante esa espera la esposa y sus dos hijos discutían los detalles de cómo se llevaría a cabo el velorio y los preparativos del funeral de Fausto, quien de acuerdo con todos en el barrio; no había sido un esposo o padre amoroso, y mucho menos un buen vecino, pues estaba lleno de orgullo y odio. En el barrio siempre hubo un resentimiento y odio hacia aquel hombre, sin conocer la verdad de lo sucedido o darle la oportunidad de hablar de lo que realmente pasó. Y aunque todos pensaban así, su esposa Lina y sus dos hijos estaban de acuerdo, la noche les trajo una tragedia y tenían que enfrentar la misma. Al cabo de unas horas llegó la policía, la ambulancia y el coche fúnebre para hacer oficial lo que todo el barrio ya sabía; Fausto había muerto. Algunos vecinos observaban desde la distancia, pero ninguno se había presentado a la casa del muerto para darle el pésame a la viuda y a sus hijos. Todos hablaban de aquel hombre, algunos lamentaban su pérdida de la boca para afuera, pero en realidad nadie sentía pena por su muerte. Eso es muy común cuando una persona muere, todos hablan de esta como si hubiese sido lo que nunca fue para ellos. Otras personas menos reservadas compartían anécdotas negativas que eran del conocimiento popular en el barrio y algunos hasta se atrevieron a comentar que el infierno ya tenía un nuevo diablo en residencia.

"Fausto no era tan malo." -comentó Juan.

"Pero tampoco fue muy bueno que digamos." -respondió Jorge.

"A veces la gente es complicada."

"Y a veces son peores que el diablo."

"Como quiera Fausto no era así de malo."

"Eso es porque tú no lo conociste de joven, era el mismo diablo en carne y hueso."

"¡Dios mío que exagerado eres tú!"

"Yo lo que digo es lo que mi viejo me contó y tú sabes que mi viejo no es hombre de andar mintiendo."

"A ver, qué te dijo tu viejo que nosotros no sabemos y que hace que Fausto sea tan malo como el diablo."

"Ok. Te voy a contar lo que mi viejo me contó."

Según Jorge, el difunto en su juventud había estado envuelto en un suceso conocido por el barrio entero, pues fue un evento que había marcado de sangre inocente uno de los montes de aquel lugar, donde no pasaba nada por años. Jorge, contó que su papá le había dicho que cuando Fausto era adolescente se había internado en el monte con un muchacho del barrio al cual todos le tenían gran cariño. Durante la incursión los dos muchachos se habían concentrado en colectar frutas como: parcha, tamarindos, mangó y mamey. Estos últimos eran los más difíciles de obtener, pues para agarrar aquellos "mangos mayagüezanos" como se les conocía en el lugar, habrían de treparse al árbol a tumbarlos desde las ramas más altas. Se subieron a un árbol y comenzaron a colectar los mangos en los sacos que llevaban. Fue allí donde según contaban los vecinos, Fausto, había tomado acciones que resultarían en la súbdita muerte de su compañero de colectas.

Fausto y su compañero de andanzas Edgardito, estaban trepados en el árbol, colectando mango de rama en rama. Al cabo de unos minutos, colectando los frutos, Edgardito alcanzó a ver un mango que se veía bastante grande, este le aviso a Fausto de que mirara aquel fruto exquisito al final de una rama que lucía lo suficientemente fuerte como para soportar el peso de uno de ellos. Fausto se movió de una rama a otra de inmediato y le dijo a su compañero que él caminaría por la rama en busca de aquel fruto. Edgardito le contestó que esto no era posible, pues él había divisado el mango primero y era a él a quien le correspondían los honores. Los dos trataron de balancearse hacia la rama y Edgardito llegó primero a la misma. Luego comenzó a caminar hacia el fruto con extremo cuidado, pues sabía que estaba un poco alto y también que aquella rama no era de fiarse. Cuando el muchacho estaba en la mitad del camino, su amigo comenzó a mover la rama en un acto de envidia juvenil, ya a mitad de la rama, Edgardito le gritó que parara de hacer esto, pues lo estaba poniendo nervioso. Fausto no escuchaba a su amigo y continúo presionando la rama para asustar a Edgardito hasta que de repente la rama se partió y junto con esta Edgardito se fue hacia abajo cayendo encima de una estaca, la cual aguantaba unos alambres de púa; el muchacho murió al instante. Fausto se bajó del árbol y fue a buscar ayuda para su amigo y cuando la gente del barrio llegó al lugar, el muchacho estaba muerto y desangrado en el lugar.

Unos pies más arriba el mango todavía continuaba guindando en el árbol. Esa historia era conocida por los habitantes del barrio, los cuales nunca le perdonaron a Fausto aquel acto que causó la muerte de su mejor amigo.

"Yo conozco esa historia."

"Pues ya sabes que Fausto era una persona mala."

"Bueno, yo no puedo hablar de eso, pues yo no estaba allí.

"Yo tampoco, pero eso fue lo que mi viejo me contó."

"Pero eso pudo haber sido un accidente."

"Accidente o no, él fue el que mató a Edgardito."

"Ok, ok, yo entiendo que Fausto no era de tu agrado, pero ya él está muerto y no hay que seguir recalcando odio. ¿Qué te hizo él a ti?"

"A mí na'."

"¿Entonces por qué lo odias tanto?"

"¿Y yo soy el único?"

"Yo sé que la gente del barrio no lo soportaba, pero te estoy preguntando a ti Jorge."

A esta inquisición Jorge se quedó callado, pues en realidad no tenía ninguna razón para odiar al muerto. A través de los años se había acostumbrado a la idea de extender el odio que el barrio le tenía al hombre, pero nunca tuvo ninguna experiencia que fuese positiva o negativa con el difunto. Aun así, el odio hacia aquel hombre era generacional y había que justificarlo de una manera u otra. Nuevamente, comenzó a discutir con las personas a su alrededor acerca de lo que pensaba.

"A ver, a ver ¿Es que ustedes no se acuerdan de lo que ese cabrón le hizo a su papá?" -comentó Jorge de nuevo.

"Eso fue un accidente." -opinó Juan.

"Todos saben que Fausto fue el responsable de la muerte de Edgardito y también de Don Guillermo y ustedes pretenden decir que solo fueron accidentes."

"Un accidente le pasa a cualquiera. ¿No te acuerdas de lo que le pasó a José? Cuando dejó caer a su bebé. Ahora me vas a decir que él quería matar a su único hijo." -comentó Santiago en defensa.

"Ya lo dijiste tú, un accidente, no dos." -insistía Jorge.

"Ok, hay gente que tiene mala suerte." -dijo Juan.

"Lo de Don Guillermo no fue mala suerte, ese hijo de puta lo dejó morirse en el carro." -dijo Jorge ya molesto por la situación.

"Fue que se puso nervioso." -respondió Santiago defendiendo al difunto.

"¡Nervioso cojones, ese tipo era peor que el diablo!" -exclamó Jorge mientras añadía- *"Yo te lo cuento como mi viejo me lo contó a mí...Mi viejo me contó que..."* -comenzó a contar la historia:

Según aquella otra historia conocida por la gente del barrio, Fausto se encontraba conduciendo con sus padres rumbo al supermercado, cuando perdió el control de su vehículo y se fue colina abajo en el carro. A mitad de la colina el carro chocó con un árbol, lo que ocasionó que Don Guillermo se golpeara la cabeza y perdiera el conocimiento al instante. Fausto al mirar a su padre desmayado y sangrando se llenó de nervios y salió del auto en busca de ayuda. Entre esos nervios no se percató de que su mamá estaba nerviosa, pero ilesa. Mientras buscaba ayuda, su papá se había levantado y al verse sangrando en el carro y en medio de aquella loma sufrió un ataque al corazón, que lo mató al instante. Al llegar al lugar los vecinos rescataron a la mujer y se percataron de que Don Guillermo había muerto. La señora explicó que su esposo se había levantado y había sufrido aquella emergencia médica, pero que ella no pudo ayudarlo. Esa había sido la segunda ocasión en la que Fausto había abandonado a alguien en el monte, para que luego los vecinos encontraran a esa persona muerta. Al terminar el relato, Jorge continúo expresando su rabia en contra del difunto:

"¿Quién carajo es tan malo que deja a su papá y su mamá tirados como basura en el monte?"

"Eso no significa que él era malo, sino que se pudo haber puesto nervioso."

"¿Nervioso? Qué carajo, ese cabrón era malo de raíz."

"Y vuelvo a preguntarte ¿Qué te hizo a ti, para que lo odies tanto que ni en la

muerte le tienes pena?"

"A mí no me hizo na', pero como quiera, no lo soportaba cuando estaba vivo y no voy a estar pretendiendo que me importa, si se murió o no."

Durante el día, conversaciones como estas habían dominado todo el lugar, y aunque habían pasado varias horas desde que se supo la noticia, nadie le había ofrecido un simple pésame a la familia que se preparaba para enterrarlo. La mujer y sus hijos habían ya decidido los por menores del funeral y salieron de la casa rumbo a la funeraria en donde estaban preparando el cuerpo del hombre. Ellos tenían todos los detalles en una lista para que la funeraria los cumpliese al pie de la letra. Al llegar allí comenzaron las discusiones de los preparativos de lo que serían los últimos días que Fausto estaría encima de la tierra.

"Sentimos mucho su perdida."-comentó el administrador de la funeraria.

"¡Gracias!"-contestó la viuda.

"Ok. Tenemos que discutir los por menores del entierro. ¿Ya escogieron el féretro?"

"Sí, ya tenemos uno en mente."

"¿Trajeron la vestimenta para su esposo?"

"Sí, tenemos ya un traje para él."

"¿Han hablado con algún pastor de iglesia para el servicio?" -preguntó el administrador mientras anotaba.

"Eso no es necesario para esta ocasión."

"Ok, perdone es que tengo que preguntar."

"Eso no es nada, no se preocupe."

"Ok. ¿Hay alguna cosa en especial que podamos hacer por usted?"

"Sí, de eso es que nosotros queremos hablar y necesitamos que siga nuestras instrucciones al pie de la letra, y pagaremos por su discreción."

La familia le comunicó sus deseos al administrador de la funeraria y él reaccionó sorprendido con los requisitos de ellos. La conversación duró varios minutos y el administrador aun un poco incrédulo por aquella rara petición, comentaba que a lo mejor no podía cumplir con el pedido. Aun así, luego de una ardua conversación accedió a la petición y todo quedo en acuerdo. El velorio sería el próximo día en la casa del difunto y todos los detalles ya estaban acordados. La familia salió de la funeraria y se dirigió a hacer otros preparativos para que aquel último adiós, fuera tal y como lo habían planeado. Mientras tanto en el barrio la gente continuaba hablando del difunto y de lo que serían sus últimos momentos de su imagen en sus memorias colectivas.

"Dicen que a Fausto lo velan hoy por la noche."

"Yo oí que era mañana en la tarde."

"Hoy o mañana, ya se jodió. "El muerto al hoyo, el vivo al retoño"." -dijo Jorge.

"Tú no tienes madre hombre." -le dijo Juan negando con la cabeza.

"¿Y a quién carajo le importa ese demonio? ¿Cuánta gente va a ir a ver a ese tipo?"

"Alguna que otra gente irá."

"¿Y tú vas?"

"Yo no, tú sabes que él no le hablaba a nadie."

"O sea que yo estoy mal por criticarlo y tú no, por no ir ni a su velorio."

"Yo no voy, pero no me alegro de su muerte."

"A mí me vale mierda."

"Yo creo que tú estás feliz por su muerte."

"No estoy feliz ni triste tampoco."

"Eso no es lo que yo veo."

"Te apuesto a que nadie va a ir a ese velorio."

"Yo en estas cosas no apuesto dinero, eso está mal."

La realidad era que Jorge tenía la razón, pues en las casas del lugar se sostuvieron estas conversaciones y la decisión era la misma, no irían al velorio del hombre ni para darle el pésame a la viuda. Nadie contaba con una razón válida para aquella decisión, pero aun así ya estaba decidido, a ese velorio no valía la pena ir. Todos decían sentir pena por la viuda y sus hijos, más, sin embargo, ninguno deseaba ver al muerto. La noche había llegado en el barrio y se comenzaba a divisar lluvias; las nubes se acumulaban en el cielo y comenzaban a cambiar su blanco semblante a uno un poco obscuro. Los pajaritos se mudaban a árboles que les ofrecían mejor techo y los coquíes comenzaban a cantar en esperas del aguacero que les traería un poco de fresco a la calurosa noche. Adentro de la casa del hombre, la viuda y sus hijos ya habían preparado la sala del hogar para recibir el féretro. Sin lugar a duda aquella noche sería difícil sin el hombre en el hogar, pero estaban dispuestos a tener el velorio según lo habían acordado muchos años atrás antes de que el hombre muriera.

A la mañana siguiente el barrio volvió a levantarse como siempre y a repetir la misma rutina de todos los días de la semana. Gente manejando al trabajo, los que esperaban pon y los que usaban transporte público. Nuevamente, el tema del día era Fausto y su muerte. Los rumores de lo que pasó en sus últimos momentos continuaron circulando entre los vecinos. Ya lo habían matado de un ataque al corazón, un infarto, de cáncer y otras enfermedades. Estas conversaciones ponían en claro que aquel hombre era todo un extraño para ellos, aunque era oriundo del lugar. Todavía la hora del velorio no había llegado y en las esquinas del barrio ya se adivinaba como iba a ser aquel último adiós.

"Dicen que el velorio es a las once de la mañana."

"Yo oí que era desde las doce del mediodía."

"¿Oíste que no van a abrir la caja?"

"¿Y por qué no?"

"Pa' que no se salga el desgraciado antes de que lo entierren." -dijo Jorge bromeando.

"Tú sigues con esa mierda, no tienes respeto por el dolor ajeno." -comentó Juan.

"Por el dolor ajeno si, por ese infeliz, ¡no!"

"Yo lo que espero es que descansé en paz."

"Y yo que se queme en el infierno, aunque hay que aceptar que al diablo le gusta el calor."

"¿Y cuánta gente ira pa' ese velorio?"

"A lo mejor dos o tres, no pasa de ahí."

Mientras los dos vecinos hablaban, un anciano pasaba por el frente de ellos. Estaba bien vestido con un paraguas en la mano y por todos los signos se dirigía a la casa del difunto. Al ver esto Jorge se mostró sorprendido e indago:

"¿A dónde va Don Luis?"

"Voy al velorio de Fausto."

"¿Y usted va pa' allá?"

"Pue' seguro, hay que darle el pésame a su familia."

"Pero usted de todas las personas de este barrio, usted no tiene que ir a ver a ese demonio."

Al escuchar estas palabras Don Luis se mostró sorprendido y un poco molesto con el comentario. Miró a Jorge a la cara y le preguntó:

"¿Por qué hablas así de Fausto? ¿Qué te hizo a ti?"

"A mí na' ¿Pero no fue él el responsable de la muerte de tu hijo Edgardito?"

"No, él no fue el que causó la muerte de mi niño y si tú supieras lo que Fausto quería a mi niño no estarías hablando así. Ellos dos eran como uña y carne."

"¿Pero no fue culpa de él que Edgardito se cayera del palo de mango?"

"Ellos eran dos niños y nadie debió de echarle la culpa a él."

"Eso no es lo que la gente dice."

"La gente puede decir lo que quieran, Edgardito era mi hijo y Fausto era su mejor amigo. Lo que pasó, pasó y mi difunta esposa y yo lo perdonamos. Yo no sé por qué la gente sigue con esas estupideces. Voy a dar el pésame y si ustedes

tienen un poco de vergüenza deberían de hacer lo mismo."

Don Luis continuó caminando hacia la casa del difunto, mientras que Jorge y Juan se quedaron en la misma esquina, luciendo sorprendidos. Allí iba el hombre con muchas razones de odiar al difunto a dar su más sentido pésame por su muerte. Ellos a los que el hombre nunca hirió o molestó todavía estaban odiándolo de gratis. Jorge concluyó que Don Luis estaba mal por perdonar al difunto mientras que Juan dudaba de su decisión de no ir al velorio.

"Caramba si el mismo Don Luis va, yo creo que yo voy a tener que ir." -comentó Juan.

"Yo no voy pa' allá ni loco." -dijo Jorge.

"Yo voy pa' que no digan."

"A mí me da lo mismo."

A las doce del mediodía, el coche fúnebre viajaba lentamente en dirección al hogar del muerto, para preparar el féretro. Estaba lloviznando; después del aguacero de la noche anterior el barrio todavía estaba mojado, lo que forzaría a la gente que se dirigía al velorio a llegar a la casa por la carretera principal y no por los caminos por donde acostumbraban a viajar como manera de atajos. En aquellos momentos solo Don Luis y otra vecina caminaban hacia el lugar, nadie más. Los empleados de la funeraria se bajaron del coche fúnebre, abrieron la puerta de atrás y lentamente, pero sin mucho esfuerzo bajaron el ataúd. Luego caminaron hasta el hogar de Fausto para poner el ataúd en la sala de la casa. Adentro de la casa la viuda y sus hijos estaban ya listos para dejar escapar su dolor en la soledad de su hogar, ya que nadie les habría ofrecido ayuda alguna. Mientras los empleados de la funeraria acomodaban el féretro, Don Luis y una vecina entraron a dar su más sentido pésame. En este preciso momento el ataúd fue abierto y los empleados de la funeraria se despidieron luciendo un poco confundidos. La viuda se paró al frente del féretro y con gritos de dolor comenzó a abrazarlo. Don Luis y la vecina se miraron el uno al otro y volvieron a mirar el féretro, pues estaba vacío. Mientras tanto la viuda y sus hijos gritaban desconsolados frente al ataúd sin muerto.

"¿Ay, Fausto por qué te fuiste?" -gritaba la mujer desconsolada.

"Papi, papi yo te quiero." -lloraba uno de sus hijos, mientras que el otro

estaba tan lleno de conmoción que no podía hablar.

"Fausto, yo te voy a extrañar por siempre. ¿Mi amor por qué, por qué?" -gritó la mujer entre lágrimas de dolor.

"Te amo papá, te amo, te amo". -dijo uno de sus hijos con lágrimas recorriendo sus mejillas.

Don Luis abrazó a la viuda conmovido por aquellas muestras de dolor, mientras que la vecina salió de la casa un poco confundida por lo que había visto. Minutos más tarde, en el barrio se corrió la voz de que, en la casa de Fausto, habían traído un féretro vacío. Lo más extraño era que la viuda estaba llorando y abrazando aquel féretro sin muerto. Los vecinos comenzaron a llamarse entre sí mismos comentando la rareza del momento mientras que la curiosidad los inclinaba más y más a ir a presenciar aquel evento.

"Trajeron el ataúd de Fausto vacío." -anunció un vecino.

"¿Cómo que vacío?" -preguntó Jorge.

"Pues vacío, no hay un muerto acostado en él."

"Tú estás hablando mierda hombre, eso no es verdad."

"¡Es verdad!"

"Y la viuda y los hijos están llorando y abrazándolo."

"¿Abrazando a quién? Y ¿no que el ataúd está vacío?"

"Eso mismo están abrazando al féretro vacío."

Al pasar los minutos desde que se había abierto el ataúd, se podía observar a la gente del barrio escurriéndose de sus casas, bien vestidas, con sus paraguas en las manos caminando a ir a ver al difunto invisible. La curiosidad había vencido todas las reticencias que tenían hacia aquel hombre y estaban dispuestos a esconder los odios generacionales con tal de tener la oportunidad de ver aquel espectáculo, que de seguro sería el ver a una familia llorar a un muerto ausente. Poco a poco el barrio se fue llenando de gente vestida de negro para denotar un luto hipócrita por un dolor que no sentían.

"Hay que ir a ver esto, yo nunca he oído de algo así". -comentó Juan con curiosidad.

"¿Y a quién carajo se le ocurre velar una caja de muerto vacía?" -preguntó Jorge extrañado.

"¿Quién sabrá lo que está pasando en verdad?"

"¿Será que el hijo de puta no se murió de verdad y todo esto es una farsa?"

"Tú estás loco, eso es un crimen y nadie en sus cabales haría algo así. Ni su familia, ni la funeraria."

"Ese infeliz es capaz de todo."

"Y sigues tú con la misma mierda, chico deja eso atrás. ¿Qué ganas con tanto odio?" -dijo Juan.

"Si yo fuera el único, tú podrías decir algo, pero en este barrio tú no conoces a nadie que se llevara bien con él."

"Eso no justifica seguir jodiendo con él cuándo ya está muerto."

"¿Y cómo tú sabes que está muerto? Si el féretro está vacío."

"Yo eso no lo sé, pero sí creo que murió."

"Yo soy como Santo Tomás "ver para creer"."

"Bueno, yo me voy a vestir para ir al velorio y dar mi pésame como todo el mundo."

"Tú lo que vas es a ver, si es verdad que no trajeron al supuesto muerto a su propio funeral como todos estos bochincheros."

"Como quiera voy. ¿Y tú no piensas ir?"

"Yo pa' allá no voy."

Se despidió Juan de aquel hombre lleno de odios que no eran suyos y se dirigió a su hogar a bañarse y prepararse para ir a un velorio al que él mismo no había planeado asistir. Luego de haber cumplido con los requisitos de la vestimenta obscura y de buscar su paraguas se dirigió a la casa del difunto. Ya había comenzado a llover de nuevo y Juan llegó a la carretera que lo habría de llevar a aquella casa. Al llegar allí Juan pudo ver que este velorio no iba a ser como ningún otro, pues había una línea de gente que se extendía una distancia considerable desde la casa del hombre hasta donde él se había puesto en línea. Y en esa misma línea los vecinos comentaban acerca del suceso.

"¿Entonces no hay muerto?" -comentó una mujer.

"No, el féretro está vacío y no tiene ni una foto del hombre." -aseguró otra.

"Es que dicen que se pegó un tiro en la cabeza y quedo irreconocible." -comentó otra de las que allí se encontraba.

"Por ahí estaban diciendo que se cayó en la cocina mientras hervía un agua y se despellejó vivo." -comentó una vecina en susurros.

"Ave María que exagerada es la gente." -dijo una vecina que no creía lo que decían.

"Yo lo que quiero es dar el pésame y me voy, yo no sirvo pa' ver gente sufriendo." -comentó una vecina mientras se lamentaba.

"Yo lo que estoy aquí es por la viuda y sus hijos, ellos no tienen la culpa de lo que era ese hombre." -dijo otra de las mujeres.

"Eso es verdad si no fuera por eso yo ni vengo." -dijo otra de las vecinas.

El tiempo se consumía en la fila hacia aquella casa, con las personas hablando hipócritamente de sus verdaderas intenciones. Allí no había nadie que le importase como se sentía la viuda y sus hijos, pues todos estaban simplemente esperando ver un espectáculo sin antecedentes en el lugar. Cada uno de ellos buscaba verificar el rumor para luego volverse a sus hogares a bochinchear de lo que habían presenciado. Adentro de la casa del difunto, la mujer lloraba sin consolación aguantando la esquina del ataúd como si estuviese aguantando la mano del cadáver que allí faltaba, y sus hijos estaban parados al lado de ella tratando de mantener la calma en aquel difícil momento. Las personas se miraban entre sí con expresiones de sorpresa y hasta de picardía en sus ojos. El evento les proveía un aire de confusión y algo dc justificación de no haber hecho ningún intento por tener una relación normal con la mujer de tan odiado hombre. Aun así, todos repetían como papagayos "la acompaño en su sentimiento" como para librarse del pecado que era haber llegado a aquella casa buscando un tipo de satisfacción personal.

El sol comenzaba a descender, cuando Don Luis salió de la casa del difunto con los ojos hinchados de tanto llorar. El viejito ya estaba solo, pues su mujer había fallecido unos años atrás y sus hijos habían emigrado al exterior y solo volvían esporádicamente. El difunto era para él la única conexión con alguien quien también recordaba a Edgardito. Irónicamente, la persona a la que se la atribuía la muerte del muchacho era la única persona que hasta aquel momento se acordaba de aquel viejito. Fue así a través de los años, pues Fausto nunca dejo de atender al padre de su mejor amigo en el mundo. Era él quien había tratado por toda su vida de llenar el vacío que la tragedia había dejado en los dos. Ahora con su muerte, Fausto había dejado solo a aquel hombre también. Con su dolor de la pérdida total, Don Luis caminaba a su hogar envuelto en pensamientos que mezclaban tiempos pasados con el presente y vacíos imposibles de llenar. Caminando logró alcanzar a ver a Jorge todavía en una esquina hablando con otras personas. Esto lo hizo volver a pensar en el muerto y de cómo se había pasado una vida entera entre odios que no se merecía, y de los que nunca se liberó. Caminaba por frente del grupo cuando Jorge lo saludó:

"¿Cómo le fue Don Luis?"

"Bien mijo, bien."

"¿Y usted sabe por qué el muerto no vino a su velorio?" -preguntó en forma de broma.

"Eso lo sabe solamente su mujer y sus hijos."

"Será que ese no se murió na' y está jodiendo con nosotros."

"O será que tú estás tan lleno de mierda y envidia que no puedes ver tu propia maldad." -le dijo Don Luis ya molesto.

"¿Y qué tengo que envidiarle yo a ese infeliz?"

"A ver ese infeliz era un buen hombre casado y con familia. ¿Dónde está tu familia?"

"¿Qué familia? Yo no tengo mujer ni hijos."

"Y tú me quieres decir que ese infeliz se casó y tuvo hijos mientras que alguien

como tú no."

"Yo no me quise casar."

"O ninguna mujer te miró con ojos buenos."

"Don Luis, se me está poniendo personal y yo lo respeto."

"Personal te has puesto tú al hablar mal de un hombre que fue como mi hijo."

"Esa no era mi intención."

"Yo sé mijo, yo sé. Discúlpame es que estoy bien triste y molesto. Tú no tienes la culpa."

"Perdóname, Don Luis, yo no sabía que ese hombre era así con usted."

"Está bien mijo, nadie lo sabía. Te voy a ver..."

Lo que decía el viejito era verdad, pues a través de los años Fausto había sido el más servicial de todos sus vecinos. Lo acompañaba a hacer compras, a las citas médicas y atendía cualquier otra necesidad de este. Era por esta razón por la cual él había accedido a concederle al difunto su último deseo. Aun así, en aquel barrio nadie parecía analizar, que Fausto hacia esto porque todos solo miraban al pasado para continuar reforzando sus deseos de no perdonar algo que no era de ellos perdonar. Fausto no hablaba con nadie, no saludaba, no iba a la iglesia y siempre se mantenía a distancia de los demás, eso era lo único que sabían de él.

Ya había llegado la noche en el velorio y casi todas las personas del lugar habían tenido la oportunidad de ver a la viuda llorando y abrazando al muerto invisible. Todavía no podían explicar el suceso y ya los que habían tenido la oportunidad de ser testigos de este, bochincheaban en sus casas tratando de encontrar alguna razón por la que el muerto no había asistido a su propio velorio. El no poder encontrar una razón los empujaba a pensar que algo estaba fuera de lo normal. Después de todo Fausto era un hombre despreciable al que ellos no conocían, aunque era oriundo del lugar, y aquel motivo alusivo para los sucesos que habían presenciado no los dejaba en paz. Dándole paso a las posibilidades de que todo fuese una farsa y de que ellos podrían haber sido las víctimas de una broma muy pesada.

Los teléfonos del barrio no dejaban de sonar y se podía escuchar su sonido en varias casas casi simultáneamente. Todos se llamaban para comentar de los sucesos de aquel extraño velorio. Comentaban acerca de la viuda y de cómo aguantaba el féretro. También de sus hijos y de cómo se veían tan tristes, mirando el vacío del ataúd. Ninguno entendía estas reacciones y esta confusión los mantenía con una inquietud que no podían explicar. Así continuaban las preguntas a las que nadie tenía una respuesta clara.

"¿Por qué será que la mujer de fausto aguanta la esquina del ataúd?"-comentó una vecina a otra durante una de las tantas llamadas de aquella noche.

"¿Será que se está volviendo loca?" -le respondió una de sus vecinas.

"Yo no me atreví a preguntar, porque yo no la conozco bien."

"¿Y quién la conoce? Si estaba casada con ese desgraciado."

"Es verdad, a ella nadie la conoce."

"Suerte tiene de que la gente fue a verla."

"Sí, porque si nosotras fuéramos otras personas ni íbamos a esa casa."

"Pero fuimos y cumplimos como lo Dios manda."

"Aun así, que raro es ver a una persona en esta situación, llorando por un muerto que no está."

"Será que no se murió na' y se está riendo de nosotros."

"A lo mejor, ese hombre es capaz de todo."

"Por eso es por lo que nadie lo soportaba."

"Ya yo ni me acuerdo de la razón, pero sé que no se merecía la ayuda de nadie."

"Aja, eso sí es verdad. Pero todavía yo quiero saber ¿Qué pasó con el muerto?"

"Es verdad, eso está raro."

Aquella noche muchas de las conversaciones tenían la misma similitud, pues el barrio entero no entendía la razón para aquel velorio y mucho menos la reacción de los familiares. Mientras tanto en la casa del difunto las últimas personas habían ofrecido sus pésames vacíos y se dirigían a sus hogares adonde de seguro habrían de hacer unas cuantas llamadas telefónicas para buscar alguna respuesta a aquella pregunta que los molestaba sin cesar. Ya casi llegada la media noche, los hijos del hombre ofrecieron su más sentido agradecimiento a todos y les pidieron cordialmente que se fueran de regreso a sus hogares para que su mamá pudiera descansar, pues al amanecer tenían que ir a enterrar a su papá. Los últimos vecinos dieron las buenas noches y casi iban a cerrar la puerta, cuando Jorge se apareció a comprobar lo que ya todo el mundo sabía. Saludó a los dos hombres y entró a la casa. Miró hasta ver el féretro vacío, pronunció el pésame más vacío de la historia y se fue de inmediato. Los hijos del difunto se miraron entre sí y cerraron la puerta. Con la puerta ya cerrada, los dos hombres se sentaron frente a su mamá y comenzaron a hacer los preparativos para el entierro. La mujer se paró frente al féretro y abrió el compartimiento bajo del ataúd para sacar de allí las cenizas del difunto. Como lo habían acordado con el director de la funeraria, estas se habían dividido en dos diferentes empaques y puestas en una urna a la parte de abajo del ataúd para que la familia pudiese cumplir con los deseos de Fausto. En medio de aquel dolor todos hacían su mayor esfuerzo para cumplir cada uno de los deseos de éste. Sentados en el sofá de la sala y con las dos bolsitas de cenizas comenzaron a repasar los pasos del próximo día.

La mañana del entierro llegó encontrando al barrio aun un poco mojado por las lluvias de los días anteriores. La casa del difunto todavía tenía las bombillas exteriores encendidas, como para que la gente pensara que allí no se durmió bien en la noche anterior. Llegadas 10 A.M, el coche fúnebre conducía lento hasta aquel hogar, como para darle tiempo a la familia a despedirse del féretro vacío. Adentro de la casa, la viuda y sus hijos ya se encontraban preparados con sus vestimentas obscuras como era de esperarse. Don Luis estaba allí también, esperando para ir con la familia del difunto al cementerio a enterrar la última conexión con su hijo Edgardo. Todos estaban preparados cuando los empleados de la funeraria entraron a cerrar el ataúd y llevarlo al cementerio. Al salir de la casa encontraron a algunos vecinos esperándolos. Estaban allí como preparados para recibir una sorpresa, pues en la noche anterior todos se habían puesto de acuerdo. Irían al entierro para asegurarse de que no les habían tomado el pelo y por si acaso el muerto estaba vivo y solo se quería reír de ellos. Al mirar esto la viuda no se sorprendió, pues era esto lo que ella esperaba de aquel barrio lleno de odios por su difunto esposo. Fue así como antes de comenzar la procesión de aquel entierro, que la mujer recordó los últimos deseos de aquel hombre atormentado por el pasado.

"Cuando yo me muera..." -comenzó este después de haber recibido un diagnóstico médico.

"¿Qué?" -preguntó la mujer

"No quiero que ninguno de estos infelices me vea muerto."

"¿Y por qué no?"

"Por lo que me hicieron a mí."

"Eso es cosa del pasado."

"No para mí, no lo es."

El hombre volvió a relatarle a su esposa de tantos años los horrores de su juventud...

"Cuando se mató Edgardito, eso fue un accidente. Nosotros nos pasábamos juntos y siempre estábamos compitiendo como niños. Aquel día en el palo de mango, estábamos jugando y los dos compitiendo pa' llegar al mango. A mí ni me gustan los mangos, eso era el caso. Estábamos jugando, estábamos jugando..."

Al decir estas palabras, el hombre se llenó de rabia recordando lo que había sucedido.

"Yo lo vi cuando se cayó, lo vi cuando se pasó de un lado a otro con la estaca. Yo tenía catorce años y vi como mi mejor amigo murió en frente de mí. Corrí a buscar ayuda, pero ya él estaba muerto. Toda la sangre en el lugar. Yo no quería matarlo. Estábamos jugando..."

Su mujer le puso la mano en el hombro, para demostrarle apoyo mientras que él continúo relatando los sucesos del pasado que habían definido su vida.

"Después del entierro, todo el mundo me culpó. Me llamaban por sobre nombres y ningún otro niño se atrevía a jugar conmigo. Mis padres me llevaron a la iglesia y hasta el cura se rehusó a ayudarme. Me trataron como a un asesino. Yo solo era un niño."

El hombre, continuó dejando escapar las frustraciones de una vida, cuando ya tenía claro que estaba comenzando a perder la misma

"Mi viejo se me murió en otro accidente. Yo iba a llevarlo al supermercado y venía un borracho dando tumbes por la carretera y cuando traté de esquivarlo para no chocarlo, me fui con el carro por la loma. Mi viejo se lastimó y mi vieja me gritó nerviosa que buscara ayuda. Cuando vi toda la sangre me acorde de Edgardito y me puse bien nervioso. Mi mamá me vio y me gritó que fuera a buscar ayuda. Cuando regresé ya mi viejo estaba muerto. Todo el mundo me culpó a mí de nuevo. Nadie creyó lo que mi mamá les dijo y nuevamente comenzaron a burlarse de mí. Me llamaban demonio y me evitaban como si yo fuera un criminal. Todos me culpaban. Ninguno se puso a pensar en cómo me hacían sentir como persona. Se burlaron de mí por mucho tiempo todos estos hijos de puta. Ni los supuestos cristianos se apiadaron de mí. No los perdonaré nunca."

"¿Qué tiene que ver todo eso con lo de tu velorio? -preguntó la mujer.

"Yo los conozco y sé que van a hablar y a bochinchear, pero no van a venir aquí a menos que sea para darse el gusto de verme muerto."

"¿Y qué quieres que yo haga?"

Fue así como Fausto comenzó a detallarle a su esposa como quería que fuese su funeral y de todos los por menores de este. Ya a la hora de su muerte, todo estaba acordado y hasta Don Luis había accedido a cumplir con los deseos de aquel hombre al cual un barrio entero había odiado de gratis y sin razón que fuese válida para ellos. El coche fúnebre viajó lento desde la casa del difunto, perseguido por la gente del barrio que aún esperaban una sorpresa, mientras adentro de sus vehículos todavía comentaban de la rareza de aquel velorio sin muerto. Aunque todos habían asistido a ver al féretro vacío, ninguno había hecho ni una pregunta a la mujer. Todos habían ofrecido sus más sentidos pésames de dolor hipócrita y cada uno de ellos se había marchado a su hogar con la misma pregunta sin respuesta *¿Adónde estará el muerto?* En uno de los autos Juan y Jorge todavía conversaban acerca del evento:

"¡Caramba!, a la verdad que ese velorio estuvo raro." -comentó Juan.

"Es que el cabrón era un hombre raro." -respondió Jorge.

"¿Y por qué no habrán traído el cadáver?"

"Porque ese no se murió na' "yerba mala nunca muere."

"Yo no creo que esto sea una broma."

"Yo sí, de ese se puede esperar cualquier cosa. Eso es lo que dice to el mundo."

"Yo no sé, pa' mí él está muerto."

"Con lo malo que ese es, yo lo creo capaz de cualquier cosa."

"Oye vuelvo a preguntar ¿Qué te hizo ese hombre a ti para tanto odio?"

"A mí nada, pero todo el mundo que se crio en este barrio sabe que ese era un demonio."

"¿O sea que tú lo odiabas desde niño?"

"Mi mamá, siempre me dijo que con él no jugara y que no le hablara."

"Y la mía también, pero a mí no me hizo na'."

"Ningún niño quería jugar con él después de que mató a Edgardito."

"Yo sé, pero aun así yo no me acuerdo de que él le hubiese hecho mal a nadie."

"Porque no le dieron chance."

La conversación duró casi todo el trayecto al cementerio. Al llegar allí, no hubo palabras de duelo de ninguna persona. No hubo representación de Dios, pues ningún pastor ofreció sus servicios a la familia. El sepulturero hizo su trabajo y enterró al féretro vacío. Los vecinos todos reunidos por la curiosidad se sintieron defraudados, pues la sorpresa que todos esperaban no llegó. Habían asistido a un velorio y a un funeral sin muerto. No habían podido ver el cadáver de Fausto acostado en su féretro, y no habían recibido una explicación de por qué. Alguien les había robado la satisfacción de cerrar aquella página de odios generacionales por aquel individuo y esto les producía un vacío inexplicable. Uno por uno se fue marchando del lugar hacia sus hogares para de seguro tratar de explicarse los eventos de los últimos días.

La viuda y sus hijos aún envueltos en el dolor de la perdida encontraban la paz de casi haber cumplido los deseos de Fausto tan odiado por todos y conocido por nadie. Los tres abordaron su vehículo y se dirigieron a su hogar a cumplir el último deseo del difunto. Después de haber llegado a su hogar cada uno de sus hijos cargo con una bolsita de cenizas a dos destinos diferentes. Uno llevaría la primera al lugar adonde murió Edgardito para dispersarlas más o menos adonde su papá le había pedido que lo hiciera. No estaba seguro del lugar específico, pues Fausto nunca tuvo el valor de volver a pisar aquel lugar. El otro de sus hijos haría lo mismo con las otras cenizas, aunque estas habrían de ser dispersadas de la misma manera en el medio de una loma adonde había muerto su abuelo. Los dos cumplieron con aquel último deseo de su papá y se regresaron a sus hogares.

Al otro día amanecería en el barrio y la rutina de todos era la misma, los que se dirigían a sus trabajos, los que esperaban pon y los que se pasaban el día entero en una esquina bochincheando, como siempre suele suceder. Solo que esta vez la muerte de Fausto no era el tema principal, sino que todos se preguntaban *¿Qué pasó con el muerto?* Con esta pregunta aquel odio generacional que arruinó la vida del hombre se habría de transformar en una curiosidad que con el tiempo se volvería en un mito. Un mito en el que todos querían respuestas y estas solo las sabían el difunto Don Luis, el administrador de la funeraria, la viuda y sus hijos. Fue así como nació el mito del féretro vació; y así habrían de pasar los años para que toda una nueva generación de gente se siguiese preguntando: *¿Dónde estaba aquel muerto que había abandonado su féretro antes de llegar a su propio velorio?* Y todavía en aquel momento las cenizas del hombre se dispersaban por los montes buscando el perdón que la ignorancia de una generación entera le había negado.

Mitos

Esta seccion del libro está basada en las historias que mi abuelo me contó. Es por eso que he incluido sus fotos aquí.

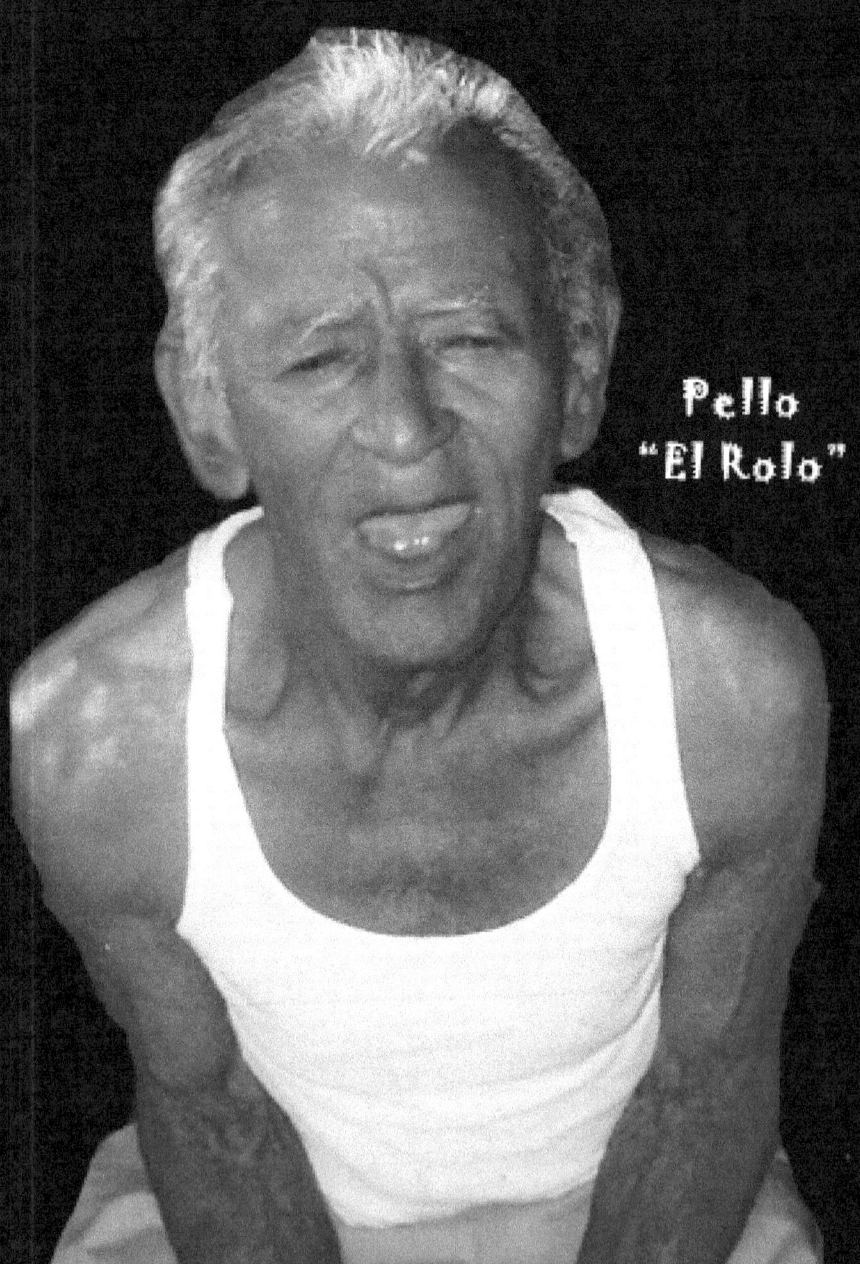

El Pacto

L A LUNA, ALUMBRABA LA montaña y sus senderos desde los cuales se escuchaba el cantar del coquí enamorado, cantándole serenatas a la luna. También se escuchaban las chicharas con su chillido desesperado gritando por una u otra razón. Estos sonidos del monte eran tan normales como en todos los montes y montañas de Puerto Rico. Entre los ruidos típicos del lugar se podía escuchar el croar de los sapos, el búho, los grillos, entre otros. A lo lejos del tope de una loma, había una casa construida en madera y zinc y alumbrada por velas y quinqués; pues en lugares remotos como este no llegaba ningún alambrado eléctrico. La luz dentro de la casa se filtraba por las rendijas de la madera y daba la apariencia de que en el interior de esta había un fuego infernal que la quemaba por dentro con todo y su dueño. Era así como lo divulgaban en el sitio los vecinos del barrio sin darle ninguna importancia a la realidad de que el hombre emergía cada mañana de su casa a pastorear su ganado de vacas como lo hacía muchos años.

El dueño de la casa se llamaba Guillermo, éste tenía una propiedad amplia entre las lomas y había vivido allí desde su niñez con sus padres, de los cuales había aprendido a pastorear diferentes animales como lo eran las vacas, cabras y caballos. Ahora en su media edad solo se dedicaba a criar vacas para el ordeño y el uso personal de la leche que estas le proveían. Trabajaba solo día tras día sin la necesidad de contratar a ningún peón que lo ayudase con las faenas diarias del pastoreo y ordeño de sus vacas lecheras. Aunque vivía en el medio del monte y en una casa de apariencia tan pobre, Guillermo era el hombre más rico de todo el lugar. Aun así, vivía una vida de soledad de la cual todos en el barrio estaban enterados, y era el origen de aquella riqueza la que ofendía la cristiandad de aquella comunidad, de tal manera que el cura de la parroquia local había tildado de hereje al hombre de las vacas.

Según se contaba en el barrio, el hombre era un pobre muerto de hambre desde que era niño; andaba mal vestido y descalzo por todo el barrio y la gente le tenía pena a él y a su familia. Los padres de este eran jíbaros de monte adentro. De esos que habían visto la ciudad escasas veces y a los que todos tildaban de ignorantes y/o brutos. En realidad, ellos eran personas trabajadoras que habían nacido en una extremada pobreza, aunque habían heredado las tierras donde vivían de los abuelos. La mujer y su esposo habían sido padres de cuatro niños, pero tres de estos murieron de enfermedades por falta de medicina y hasta de hambre. El único que sobrevivió fue Guillermo, por lo que sus padres le dedicaron todo el tiempo de sus vidas, temerosos de perderlo igual que a sus otros hijos. Hoy en día era rico y no contaba con una sola persona a la que pudiera llamar su amigo, pues todo el mundo lo trataba con un aire de lejanía, además de un poco de temor. En el barrio corrían rumores de como él había logrado acumular su fortuna y hasta la iglesia estaba enterada de las circunstancias que habían contribuido a la misma. El sacerdote ofreció sermones de advertencia para que la gente del lugar se alejara de lo malo y por supuesto de aquel hombre condenado a la maldición de una cadena perpetua en un infierno oloroso a azufre y humos.

El sacerdote les hablaba a los feligreses de evitar la lujuria y la ambición y les instigaba a rezar, confesarse y sobre a todo a cumplir con el diezmo. "A Dios lo que es de Dios les decía," y en cada oportunidad daba un ejemplo de lo que era y no agradable para Dios. Lo más desagradable era un rico que quisiera comprar su boleto al cielo y a la vida eterna con su dinero sucio. Cada vez que él hablaba de cómo vivir incorrectamente daba un ejemplo sin nombre; aun así, todos sabían a quién se refería sin que él tuviese que mencionar el nombre. Hablaba Guillermo y de sus riquezas, mientras que ofrecía vagos ejemplos de pactos infernales a los que pocas personas se exponían con tal de obtener riquezas sucias ante los ojos de Dios. Poco a poco este sermón se comenzó a grabar en la mente de los feligreses y entre una conversación y otra en el barrio se comenzó a dudar de la integridad del hombre y hasta a atribuirle colores obscuros al ama de éste.

Fue así como desde el púlpito de la iglesia, nació el rumor que habría de condenar a aquel hombre a la soledad y al constante juicio de la gente. A donde quiera que éste caminaba, la gente le habría el paso y lo dejaban solo. Nadie sostenía una conversación con él por miedo de encontrarse envueltos con un emisario del mismo Satanás. Así vivía el hombre desde que comenzó a hacer dinero un poco después de la muerte de su madre, la última en morir de aquellos dos jíbaros trabajadores y temerosos de Dios. Y después de intentar de hacer relaciones con aquella gente, Guillermo se rindió, se acostumbró a la soledad y al oficio de ordeñar vacas, vender leche y hacer más dinero de lo que le hacía falta. Aun así, las conversaciones en los hogares del lugar repetían una historia distorsionada de como se había vuelto rico. Una historia que escucharon a manera de insinuaciones de la boca del mismo sacerdote de la iglesia.

"Pa' ese hombre yo no trabajo ni loco." -comentaba Pedro.

"Yo tampoco, mejol me muero de jambre." -comentaba Eloy.

"¿Tú sabes cómo fue que el hijo e puta se hizo rico?" -preguntó Pedro.

"Pue seguro, ese le vendió el alma al diablo." -dijo Eloy espantado.

"El alma y sabrá Dios que cosa má." -comentó Camacho.

"Santa María que Dios nos libre a nojotros." -dijo Manuel mientras se persignaba.

"Amén." -dijo Eloy.

Este tipo de conversaciones y algunas otras eran repetidas por todas las personas que vivían en el barrio, y se les decía a los niños como advertencias, de evitar lo oculto y como modo de asustarlos para que temiesen a Dios y no se alejaran de sus caminos. Más, sin embargo, la verdadera historia solo la conocían el hombre y el cura; y a ninguno de los dos le importaba aclarar nada. Uno, por no perder su influencia frente a sus feligreses y el otro porque no le importaba un carajo lo que aquella gente pensara de él. Era así como año tras año la historia cambiaba con el cura reforzando su versión con sermones improvisados, llenos de mentiras y pecados, y con el Guillermo disfrutando de la soledad y la privacidad que el miedo le inspiraba a la gente. Él mismo había escuchado la versión de los sucesos y no se sorprendió de nada de lo que decían. De todas maneras, decidió usar aquellos rumores para divertirse con la anonimidad que la ignorancia le ofrecía. Era así como por muchos años la fortuna del hombre y su eventual condena a infiernos calientes dominaba la lista de los rumores del barrio. Según rumores en el barrio, decían que Guillermo le había firmado un pacto de sangre al diablo a cambio de prosperar más rápido de lo que lo haría con Dios. Fue así como, según la gente, el ganado del hombre parecía crecer cada noche. Se decía que el hombre tenía tres vacas en su rebaño y de una noche a otra aparecieron seis, luego aparecieron nueve y más tarde doce. Al cabo de unos meses ya el hombre contaba con cien vacas y hasta con una vaquería para trabajar en la industria de la leche. Todo ese prosperar tenía un costo, de haberle ofrecido su alma al diablo y de haberle firmado en pacto con su propia sangre.

En el barrio nadie trabajaba para él endemoniado y todos sus empleados provenían de diferentes pueblos. Algunos de estos renunciaban al trabajo, después de oír la versión oficial del barrio. Mientras que otros necesitaban tanto el trabajo que estaban dispuestos a trabajar allí con la condición de que nunca les pidiera un pacto de sangre o de conocer al verdadero jefe del progreso. No todos creían aquella historia y se mofaban de la ignorancia de los demás, mientras que disfrutaban de un salario que los trabajadores de la industria de la caña desearían devengar. Aun así, todos los empleados se preguntaban cuál era la verdadera historia y del porqué el padre de la iglesia condenaba el progreso del hombre. De todas formas, por muchos años el sacerdote no parecía acordarse de los por menores de aquella historia. El hombre si se acordaba y era por eso por lo que podía disfrutar de su progreso con un aire de satisfacción que nadie entendía, solamente él.

Entre los muchos recuerdos que guardaba Guillermo de su papá, al cual él adoraba, había uno que no lo abandonaba nunca. En su memoria estaba presente el día, que su padre estaba desesperado económicamente y fueron a hablar con el cura para pedirle un pequeño préstamo a la iglesia. En aquel recuerdo, Guillermo se encontraba con su padre en el templo. Esto no era nada fuera de lo común, pues sus padres eran católicos desde que él se acordaba. Aquel día su papá estaba angustiado económicamente y había decidido pedirle un pequeño préstamo monetario a la iglesia. Al llegar a la misma, el sacerdote terminaba una conversación en voz alta con un político del lugar, mientras le ofrecía la mano de Dios en su campaña, además que un poquito de su billetera. El político contento de contar con la fuerza de Dios se despidió con el brillo de la ambición en sus ojos y ni saludó a aquel jíbaro y mucho menos a su hijo. Unos minutos después de quedarse solo con el cura, el papá de Guillermo abordó el tema económico con el mismo. El cura lo miró de arriba abajo como si nunca lo hubiese visto en la iglesia y su expresión de alegría acogedora con la que había atendido al político desapareció de su rostro. Luego comenzó a hablar de cómo la ofrenda y el diezmo eran de Dios y no podían comprometer en busca de las riquezas terrenales que aquel padre buscaba. Éste le aclaro al cura que solamente quería sacar a su familia hacia adelante y no le importaba hacerse rico. También prometía pagar todo para atrás con intereses si esa era la condición. Al pasar unos minutos incómodos para los dos, el cura le negó la ayuda al hombre y de una manera muy condescendiente le dijo que pusiera todo en oración y en las manos de Dios. El papá dio las gracias al sacerdote por su tiempo y se fue con la misma preocupación con la que había llegado.

Con el pasar de los años el hombre comenzó a prosperar, pues su hijo lo convenció de rentar un poco de sus tierras para la siembra y así obtener un poco de dinero para invertirlos en más vacas para poder distribuir leche a más gente. Fue así como a través de los años el papá del hombre pudo ver un poco de prosperidad. El hombre contaba con algunos veinte años cuando su papá falleció dejándolo a cargo de la pequeña operación de vender leche. Él se concentró en expandir operaciones y en darse a conocer a través de toda la región. Y con la prosperidad llegó la atención de personas que veían una oportunidad de tomarse ventaja de aquel jíbarito de pueblo adentro. Los primeros en intentar "ayudar" al hombre fueron los políticos del lugar al ofrecerle conexiones de negocios a las que estos tenían acceso. Guillermo que conocía las reglas del juego accedió a aquellas ofertas de ayuda porque entendía que para ganar había que invertir. Una contribución política o algún otro gesto de buena voluntad iría muy lejos. Al cabo de un tiempo los contactos prometidos comenzaron a dar frutos y su operación lechera se expandió por toda la región. Esto causó que el sacerdote de la iglesia pusiera su atención en aquel hombre y buscó una manera de comunicarse con él, extendiéndole la invitación a ir al negocio a bendecirlo con toda la gloria de Dios.

Al llegar al sitio, el cura trató de establecer conversaciones esporádicas con aquel individuo al que muchos años atrás había ignorado junto a su padre. Guillermo, visiblemente sorprendido por la falta de vergüenza de aquel servidor de la iglesia, movía la cabeza de un lado al otro en un acto dc desesperada incredulidad. Aunque se encontraba molesto, le permitió al sacerdote terminar en espera de que expresara la verdadera razón de aquella visita. El sacerdote continuó hablando por varios minutos de las bendiciones que el hombre había recibido y las que podría recibir en el futuro si se decidía a invertir un poco de dinero en la influencia que la iglesia tenía en Dios. Cuando ya él no contaba con la paciencia para seguir escuchando las palabras del cura, lo interrumpió:

"Para estas cosas de hacer dinero Dios no mira a uno con agrado." -comentó Guillermo con desagrado.

"El Señor entiende todo lo que tenemos en el corazón." -respondió el cura.

"Entonces el Señor no ha de bendecir mi operación."

"El Señor actúa de manera misteriosa."

"Entonces Dios le niega ayuda al pobre, para que entre el misterio y el hambre no disfrute de la vida."

"¿Por qué dices algo así, hijo mío?"

"Vamos a aclarar algo, yo no soy su hijo y lo que digo es algo que he deseado decirle por mucho tiempo a usted."

"No encuentro la razón para que te sientas ofendido por mis palabras." -respondió el cura sin entender que pasaba.

"Sus palabras no me ofenden, pues yo no estoy tan ciego como lo estaba mi viejo el día que le fue a pedir ayuda a usted."

"Yo no recuerdo eso."

"Pues yo sí, nos miró como si no existiéramos en el mismo mundo y de la manera más ofensiva nos negó su ayuda."

"Yo nunca hice algo así." -dijo ofendido el cura.

"Padre, si necesita dinero le voy a decir lo que usted nos dijo a nosotros. Váyase a su casa y órele a Dios con mucha fe. Ahora por favor lárguese de aquí y no vuelva jamás."

"Algún día te arrepentirás de tratar a un ciervo de Dios así."

"A lo mejor lo haré el día en que usted se acuerde de que su trabajo es conectar al pobre con Dios y no el de vivir como un dios a cuenta de ellos. Ahora por favor lárguese de mi propiedad."

"Te vas a arrepentir de esas palabras."

Con aquella amenaza el sacerdote abandonó la propiedad del hombre y se dirigió a su iglesia. Unos días después comenzaron los sermones acerca de riquezas sin explicación y de cómo la mano del enemigo podría estar envuelta en negocios como aquellos y sin mencionar nombre alguno, el cura comenzó a apuntar la mirada y la ignorancia de su congregación hacia el hombre de las vacas. Poco a poco comenzó el rumor de un pacto satánico y de ahí en adelante la gente dejó su imaginación correr hasta que ya no podían ver la lógica de su pensar y le atribuyeron Guillermo la compañía del mismo satanás. Los feligreses que trabajaban para él renunciaron a sus trabajos, algunos explicándole que no podrían estar en contra de Dios. Así fue como el hombre se vino a enterar de los rumores de cómo sus vacas se multiplicaban misteriosamente, entre otras cosas. Desde aquel momento, el hombre decidió que cada vez que comprara ganado pediría que se le entregase el mismo de noche y sin llamar mucho la atención de nadie. Cuando ya el negocio de la vaquería estaba en su pleno apogeo; la gente del barrio no lograba entender como era que las vacas aparecían de la noche a la mañana y esto les corroboraba las palabras del cura y les aterrorizaba creyendo que estaban rodeados por la presencia de Satanás en su barrio. Vivían temerosos del hombre y se refugiaban del mismo con el sacerdote de la iglesia, el cual le instaba a ofrendar más para que las oraciones llegaran más lejos; y de esta manera el cura habría de beneficiarse de sus propias mentiras al igual que el hombre de las vacas se habría de beneficiarse de su arduo trabajo.

Un día el sacerdote se encontraba repitiendo su sermón a la congregación y en el momento en que iba a recalcar la buena fortuna del hombre, cayó muerto frente a todos los que allí estaban presentes. Este suceso causó una gran conmoción en el barrio y fue, así como nació otro rumor que acusaba al hombre de haber asesinado al cura en medio de la misa porque estaba hablando mal de él. Se dijeron entre sí que Guillermo había enviado a algún demonio a matar al cura y de alguna manera uno de estos demonios había burlado la vigilancia del Cristo de palo y la Santa María de yeso para arrancarle el corazón a aquel amado sacerdote. Con el pasar de los años y ya en su vejez, el hombre arrendó el negocio de la vaquería, tomó unas vacas y se retiró al tope de la loma, a la casa de sus padres; a vivir el resto de su vida en la eterna soledad del condenado al infierno de azufre y fuegos por el pecado de haberse hecho rico con el sudor de su frente y de haberse hecho un demonio por las palabras de un cura. Vivió casi cien años y hasta eso era por el supuesto pacto que había hecho con satanás.

Con la llegada del fin de sus días, la muerte del hombre de las vacas habría de convertirse en un suceso que el barrio no olvidaría nunca, pues su historia se pasaba de una generación a otra a través de historias sin lógica; pero confirmadas por la iglesia de cómo fue que sus vacas se multiplicaron noche tras noche, debido a un pacto de sangre con Satanás. Unos cincuenta años más tarde, un anciano sentado al borde de una ventana y con su mirada fijada en la loma, donde vivía Guillermo, le contaba a su nieto la leyenda del hombre, sus vacas y el pacto con el diablo. Relataba la historia con tanta convicción que dudar de la veracidad de esta era imposible para aquel niño. El anciano había escuchado la historia de sus propios padres, quienes eran contemporáneos con el hombre y sus vacas, y los cuales habían escuchado el origen de la historia de los labios de un cura al que nadie recordaba por su nombre. Finalmente, fue de esa manera en la que el hombre y sus vacas se convirtieron en una leyenda que la gente habría de repetir por varias generaciones y en la mente de todo el que escuchó aquella historia; el hombre de las vacas está todavía hoy pagando el precio de aquel pacto, mientras se quema en un ardiente infierno que huele a azufre. A la misma vez en el barrio la ignorancia le añade cada vez un detalle más a aquella leyenda, por lo que se podría decir que la historia se continúa multiplicando de la noche a la mañana como las mismas vacas malditas.

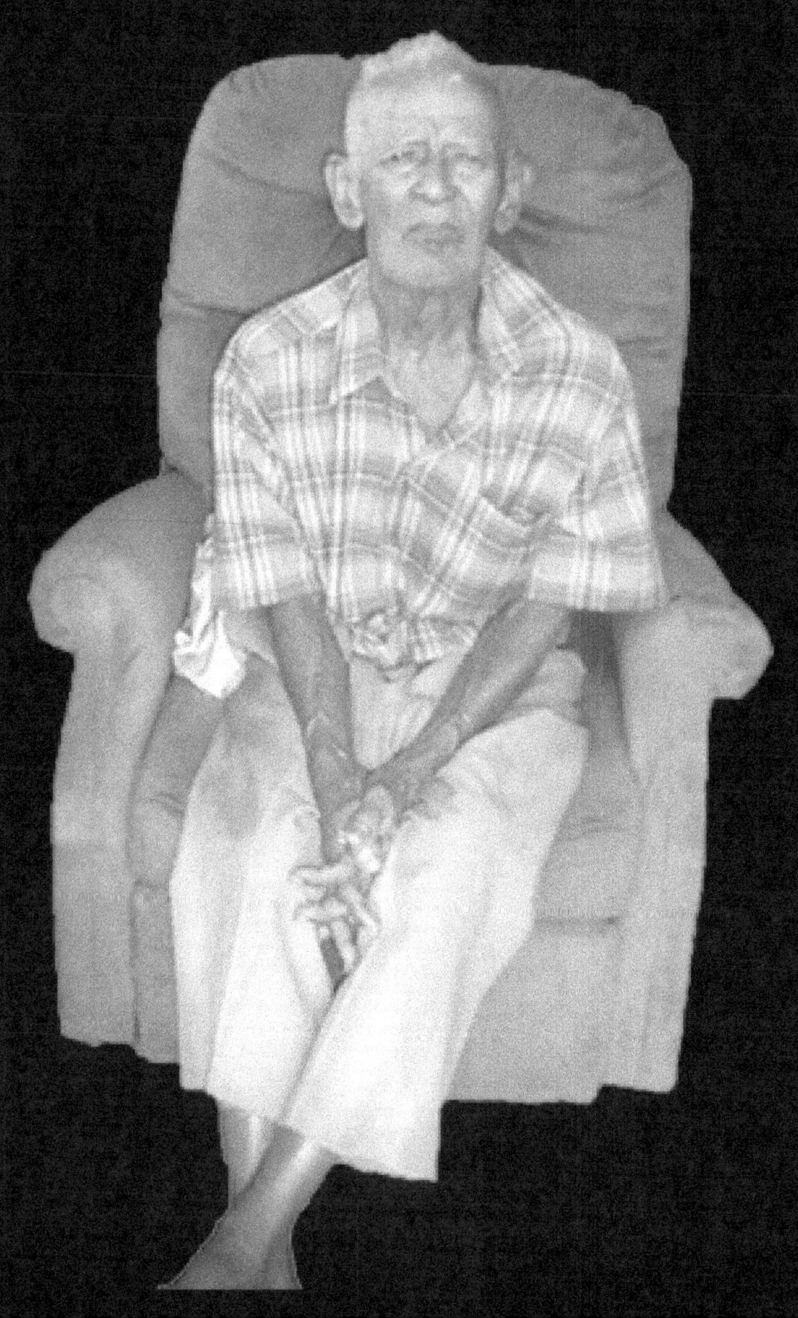

"Aun recuerdo tus historias
Sentados en la ventana."

Papa Pello
76 años

Penitencias

LA NOCHE SE SENTÍA fría y tenebrosa, la luna estaba llena, parecía que flotaba en el cielo, rodeada de nubes obscurecidas por la noche, lo que les daba un aire de misterio. A lo lejos en el barrio se divisaba la montaña, donde alguna vez vivió Guillermo, que a pesar de haber muerto hacía más de cien años todavía atormentaba a los residentes de aquel lugar. Aunque aquella montaña estaba lejos, las personas del lugar experimentaban un miedo súbdito y constante, especialmente cuando la luna estaba llena e iluminaba el lugar dándole un aire de misterio. Los residentes del lugar pensaban que habrían de estar seguros dentro de sus hogares, orando y pidiéndole a la virgen María que intercediera por ellos ante la presencia de su hijo Jesús. Arrodillándose frente a las imágenes de la virgen María de yeso y el Jesucristo aun crucificado en una cruz de madera, pidiéndole de favor que los libraran de la oscuridad de la noche y del terror que ellos habrían de experimentar en los próximos días. Los residentes del barrio creían, que estaban seguros, pero no habría calma mientras el hombre pagara su eterna condena, por haber vendido su alma al diablo, para obtener riquezas terrenales. Mientras ellos pagaban por los errores que condenaban al espíritu Guillermo a quedarse vagando por los alrededores para siempre.

Los residentes del barrio, le temían a noches como aquella, pues, aunque ellos no hicieron negocios con Satanás como lo había hecho aquel hombre del que sus padres y sus abuelos les habían contado, estos eran los herederos de la ignorancia que condenó al mismo a su presente estado. A su vez estaban enterados de que cuando aquel hombre de pactos diabólicos había muerto, sus familiares habían tomado la decisión de molestar el diablo quemando la casita de madera en el tope de aquella montaña, lo cual los aterrorizaba hasta el presente. La versión oficial que los rumores habían traído a través de los años era algo confusa para todos y esa confusión causaba histeria en el lugar. Según contaban los ancianos, el hombre condenado había hecho un pacto con Satanás para que lo hiciera rico. Así fue como se había hecho de una amplia cantidad de tierras, de las cuales rentó y vendió un poco, y usó el resto que era bastante amplio para criar vacas, cabras, caballos y gallinas para la venta. Otra versión de los hechos decía que el hombre se apareció en el sitio de la noche a la mañana y había mirado al cura de la iglesia mal, y éste último cayó muerto al ver los ojos de este diablo. La verdad del caso, nadie estaba seguro de cómo fue que Guillermo se hizo rico, pero todos estaban seguros de que el tormento que ellos vivían había sido causado por la valentía y a la misma vez la estupidez de sus ancestros. Sentados en la sala de su casa, Ana y Carmelo hablaban de la situación:

"Esto está cabrón."-comentaba Doña Ana.

"La verdad que sí."-reafirmaba su esposo Carmelo.

"Otra noche más, de gritos de dolor."

"Y ese arrastro de las cadenas, es lo que más me asusta."

"A mí eso y las luces ni hablar."

"¿Por qué estamos pagando por algo que no hicimos?"

"Eso son condenas de la sangre."

"¿Condenas de la sangre?"

"Sí, estamos condenaos por la sangre de nuestros abuelos."

"Ellos estaban tratando de purificar el lugar."

"Y terminaron cagándola de verdad."

"Cagándonos a todos nosotros."

"Si hubieran usado sus ojos, en vez de sus envidias, no estaríamos de esta forma."

"¿Cómo así?"

"El hombre condenado no era servidor de Satanás, era solo rico."

"Eso no es lo que mi papá me contó y yo no sé si creer lo que te dijo tu familia."

"A mí me lo contó mi abuelita."

La mujer procedió a relatar la versión menos conocida del barrio, la cual había escuchado a muy temprana edad de su abuela materna Fortunata, la cual había vivido por más de cien años y a la que nunca se le olvidó la historia de Guillermo, el cual había muerto cuando ella era una adolescente aún. En aquella versión los rumores de un pacto con el diablo eran más o menos los mismos y lo que cambiaba era la versión de lo que los vecinos habían encontrado en la casa de este al momento en que su vida terminó. Según Mamá Fortuna, como era conocida en el barrio, los vecinos habían esperado unos días después de que el hombre fuese sepultado para ir a purificar el lugar adonde vivía. Una casita de madera que parecía haber sido construida hacía más de dos siglos. En esta no se encontraron riquezas ni lujos; solo algunas fotos pintadas de un hombre y una mujer de edad avanzada rodeadas de santos religiosos, velas y los rosarios de la religión católica. Había una biblia con el Salmo 23 marcado con lápiz. Dentro de la única habitación había más santos y otra biblia con el mismo Salmo marcado, lo cual confundía a los vecinos que fueron a aquella casa buscando algún papel lleno de sangre, lo cual les señalaría la prueba contundente de que Guillermo había negociado su alma. Uno de los vecinos llamado Casiano se detuvo a pensar en la ignorancia que los había llevado allí y les comentó a los otros acerca de los planes que tenían.

"Creo que nos equivocamo." -dijo Casiano.

"Esto es embuste[1] *to'."* -respondió Miguel.

"Ese lo que quiere es que no le roben na'." -dijo Cheo.

"Ese está muerto. ¿Qué carajos le importa que le roben?" -dijo Casiano un poco exasperado.

"Yo vine a aquí a limpial este sitio y eso es lo que voy a hacel." -comentó

---

1. *Embuste: Mentira.*

Lorenzo.

"Yo también." -repitió Miguel.

"Yo también vine a lo mismo, pero ahora veo que estoy mal y no voy a dañal na' que sea mío. Yo me voy, allá ustedes con su conciencia." -les dijo Casiano.

Luego abandonó el hogar de aquel hombre, al que todos tildaban de hereje pensando en lo que había visto dentro del mismo. Era obvio para el que quisiese ver, que Guillermo era un católico devoto a Dios y al que, por razones desconocidas para todos, la iglesia y los rumores parecían haberlo condenado a un infierno en vida. Las imágenes de los santos y la esencia de devoción dentro de la casa del pobre hombre rico no lo dejaban en paz, pues él mismo trató de ponerse en el lugar de aquel difunto, al que todos condenaron a la soledad y al odio mientras vivía y ahora en la muerte habrían de destruir lo poco que había quedado de él. Al cabo de unos minutos regresó a su casa adonde le comentó a su esposa Ramona lo que había transcurrido en aquella casa, mientras que su hija Fortunata, sentada en la sala, escuchaba la historia que muchos años más tarde le habría de contar a sus nietos. Casiano y su mujer salieron de sus hogares al oír gritos y celebraciones alrededor de la casa. Aquellos gritos de jubilación los estremecieron a los dos, mientras se sentían atrapadas en posesión de una verdad que nadie en aquel sitio tenía interés de escuchar.

"¡Fuego! La casa de la montaña se está quemando." -gritó un niño.

"Qué bueno, que se queme esa maldita casa del diablo." -gritaba un adulto.

"Por fin nos hemos de librar de los pecados de ese desgraciao." -gritaba otro.

"La casa se está quemando como ese hijo e puta ha de estarse quemando en el infierno." -dijo otro vecino.

"Por fin Dios nos ha librao de este demonio." -comentó otro vecino.

"Esa casa cogió fuego ella sola, pues el diablo vivía ahí." -dijo alguien con malicia en su rostro.

A través del día comentarios jubilosos como estos inundaron el barrio y un sentimiento de justificada alegría invadía los pechos de aquellas personas que justificaban un odio que habían basado en la ignorancia con palabras de alabanza a Dios, sin lograr ver la ironía de sus acciones. En todas las casas del lugar se ensayó y se practicó la versión oficial de los hechos. La casa se quemó porque el diablo estaba revolcado buscando un papel, donde él mismo había firmado un contrato con Guillermo a cambio de su alma. Y en aquel momento solo estaba colectando lo que era suyo. Aquella versión del evento dominó las conversaciones del barrio por los próximos días y solo en la casa de Casiano y Ramona la verdad parecía estar atrapada por miedos de juicios injustos y el arrepentimiento que estos sentían al pensarse cómplices de haber cometido una injusticia al hombre muerto. Unos días después de que las cenizas de la casa habían sido dispersadas por el viento, comenzó el tiempo de penitencia, algo que habría de atormentar a la gente del barrio por muchos años y continuaba atormentando a los descendientes de estos un siglo después de la muerte del hombre. Como todo lo que solía suceder en aquel lugar la versión oficial de los eventos estaba algo ofuscada por el paso del tiempo. De acuerdo con el relato más consistente, una noche de luna llena, cuando el barrio se preparaba a dormir comenzó la penitencia Guillermo con unos gritos de dolor que se escuchaban a lo lejos al mismo tiempo que en el tope de la montaña donde la casita del hombre estaba, se encendieron unas extrañas luces que parpadeaban y temblaban con cada grito...

-Ahhhhhhhyyyyyyyyyyyyyyy. -gritaba el fantasma.

Los gritos aterrorizados de aquel dolor estremecieron a los que vivían más cerca de la montaña. Después de los gritos llegó el arrastre de las cadenas que sujetaban el alma del maldito para que no pudiera escaparse de aquel infiero de dolor que compró con su propia alma. Al otro día los vecinos aun asustados comenzaron a hablar de aquella extraña noche. Todos lo habían escuchado, todos lo habían vivido y ninguno lograba explicarlo.

"¿Ave María Purísima que carajo estaba pasando anoche?" -comentó José asustado.

"No sé, parecía que había alguien gritando de dolor." -respondió Esteban.

"¿Y de dónde venían esos gritos?" -preguntó Juan.

"Del tope de la loma maldita." -dijo José.

"¡Ay, Dios santo! Será que el espíritu del hombre volvió pa' su casa." -exclamó Esteban.

"No seas pendejo, esas cosas son embustes de la gente." -dijo Luis uniéndose

a la conversación.

"Es que con las cosas de Dios no se juega…" -comentó Juan.

Conversaciones como esta dominaron todo el día en el barrio. Muchos habían escuchado los gritos y el sonido de cadenas arrastrándose sobre las piedras, aunque en el tope de la loma no había ninguna de estas. Algunos habían divisado las luces intermitentes en el preciso lugar, donde estaba la casita que habían quemado. Poco a poco la falta de una explicación se comenzó a transformar en un miedo inexplicable, ya que los vecinos estaban al tanto de aquel demoníaco pacto que el difunto había firmado muchos años atrás. Ya al anochecer los habitantes del barrio estaban al borde de la histeria con la extraña expectativa de otra noche de horror. Nuevamente, la media noche trajo gritos, arrastres de cadenas y luces intermitentes. Este segundo evento confirmó los miedos del barrio y los liberó de sus dudas, pues era oficial que el alma maldita del difunto pagaba su crimen con una penitencia de dolor. Al día siguiente y como en acto coordinado por todos los vecinos se dirigieron a sus diferentes iglesias a orarle a Dios para que los librara de todo mal. En la iglesia católica del barrio, dos hombres buscaban al padre de la iglesia para confesarse y librarse del terror que había comenzado dos noches atrás. El sacerdote, un hombre joven y por la apariencia recién iniciado en el oficio, los recibió con un poco de alivio y alegría; pues la iglesia católica del lugar había pasado de ser el centro de conexión con Dios a ser un lugar casi irrelevante donde solo asistían los viejos que al morirse daban la impresión de que se estaban llevando la fe con ellos. Uno de los hombres llamado Santos entró primero al confesionario:

"Perdóname padre porque he pecáo." -comenzó Miguel.

"¿Dime hijo cuanto tiempo ha pasado desde tu ultima confesión?" -preguntó el cura.

"Yo nunca me he confesáo."

"Entonces confiésale a Dios tus pecados."

"Los otros días unos amigos míos y yo fuimos a quemar la casita e arriba e la loma pa' purificarla del diablo."

"¿Cómo dices?"

"Yo no sé si uste sabe que el hombre que vivía allí le vendió su alma al diablo."

"¿Quién? El hombre del tope de la loma que murió hace unas semanas."

"Ese mismo."

"¿De dónde sale esa barbaridad?"

"To' el mundo por ahí lo sabe, eso es lo que dicen en el barrio."

El padre intrigado por el inicio de aquella confesión se perdió por unos momentos en sus propios pensamientos y memorias. Él recordaba a aquel hombre devoto católico y de él mismo había escuchado la verdadera versión de cómo lo habían tildado de hereje servidor del mal. El cura sabía la verdad, pero las reglas de la iglesia le prohibían divulgar los detalles que podrían exonerar al hombre ahora en su muerte. Miguel, continúo su confesión con una profunda desesperación de miedos en su voz:

"Padre, nojotros fuimos allí, entramo y encontramo un montón de santo y hasta dos Biblia escrita en alguna página. Como yo no sé leel no sé qué era lo que dijia y ni si el hombre las estaba usando pa' echarle alguna maldición al barrio. Dispue de buscal en toa la casa, encontramo unos poco de chavos y los cogimos. Uno de nojotro no estuvo de acueldo y se fue sin tocal nada. El compai Cheo y yo nos dividimo to y dispue quemamo la casa con to y los santos y la biblias adentro. Ahora el hombre o el diablo andan buscando algo en el tope de la loma y cuando no lo encuentra se ponen a grital y uno de ellos está amarráo con cadenas que hacen mucho alboroto."

"Hijo, lo que me dices es difícil de creer." -dijo el cura.

"To' lo que le digo es veldad, mi compai Cheo lo va a comprobal cuando entre."

"Padre ore por mi pa' que el diablo no me lleve."

"Vete tranquilo hijo que yo te absuelvo en el nombre del Padre, del Hijo y del Espíritu Santo."

"Amén." -dijo Miguel persignándose.

Al salir Miguel del confesionario, entró Cheo inmediatamente y se confesó relatando una versión de los hechos idéntica a la de su amigo. Dentro del confesionario el joven sacerdote casi no lo escuchaba tratando de entender aquel suceso sin explicación, pues él conocía a aquel hombre quien muchas veces había asistido a la iglesia en secreto para confesarse y recibir la comunión que no estaba dispuesto a recibir de los dos sacerdotes anteriores. Fue así mientras, que Cheo se confesaba, que el cura recordó una de las ocasiones donde aquel anciano de casi cien años le había confesado algo a lo que él no tenía explicación: *"El día que yo me muera de una forma u otra, esta gente se va a acordar de mí. Y mi nombre les dará miedo."* Fueron las palabras del anciano y las que en el presente el cura trataba de relacionar con el miedo que obligó a aquellos dos hombres a confesarse por primera vez. Durante las próximas dos semanas de luna llena, el suceso se siguió repitiendo para confirmarle al barrio sus miedos de que aquella alma maldita y condenada al infierno, hubiera regresado al lugar donde se firmó el pacto para pagar su delito. El mismo padre se levantó a oír los espeluznantes gritos mientras el sonido de cadenas y las luces acompañaban los mismos como para denotar un sufrimiento insoportable para cualquier alma humana. Este no se explicaba el suceso, pero no creía que tuviese algo que ver con el muerto y sus riquezas. Después de dos semanas y con los vecinos tan asustados que ya no salían de noche, el suceso dejo de pasar. Al parecer solo había tomado dos semanas para que el difunto les dejara saber de su dolor, como a manera de advertirles lo que pasaba con el que tenía negocios con el enemigo de Dios.

Ya con el miedo un poco aplacado, los vecinos más valientes se dirigieron al tope de la montaña donde se disponían a construir un altar a Dios; poniendo las diferentes estatuas de yeso y madera que reflejaban las imágenes de santos a los que habían sido doctrinados a creer desde mucho tiempo atrás. Allí, en aquel lugar donde la casa de Guillermo había estado, oraron por su alma y su perdón, y le pidieron a Dios que lo perdonara por su error de negociante. Estos actos de devoción y pena solo era una farsa, la verdad era que ellos estaban orando por ellos mismos. Codificado en su oración estaba el miedo a que regresaran las noches de los gritos a asustarlos a ellos y el alma del hombre no les importaba un carajo. Los vecinos hicieron esto por nueve días, como lo demandaba la costumbre católica y luego de los nueve días se sintieron a salvo, pues el suceso no se había repetido en nueve días corridos. Al fin otra noche de luna llena llegó al barrio y como había sucedido la última vez que esta había asomado su cara en aquel lugar, en el tope de la loma, se comenzó a escuchar unos gritos de horror seguidos por un arrastre de cadenas y unas luces intermitentes. Dentro de sus casas, los vecinos volvieron a experimentar el aterrador miedo que los había invadido el mes anterior. Los que habían asistido a aquel altar hecho en el tope de la loma se desvanecieron al enfrentarse a la realidad de que sus intentos de librarse de aquel evento habían fracasado. Así continuaron los gritos por las próximas dos semanas y cuando la luna comenzó a vaciarse pararon de repente.

Otra vez los vecinos más valientes se fueron al tope de la montaña a orar por ellos mismos bajo el pretexto de que lo hacían por el alma maldita. Cuando llegaron allí encontraron a sus santos con lágrimas de sangre dibujadas en los ojos. Esa imagen estremeció a todos los que los vieron y se persignaron inmediatamente, mientras que un miedo estremecedor les corría hacia abajo en el cuerpo entero. Los santos estaban llorando sangre y al pie de estos había una cruz retorcida y algunos animales muertos al parecer asesinados por el diablo. Todo esto fue mucho para la fe hipócrita de aquellos feligreses y todos decidieron que era mejor no tentar a Satanás, abandonando el lugar para no volver, pues aquel sitio estaba verdaderamente maldito. Al llegar al barrio, la versión de lo que habían visto en la montaña se divulgó por todo el sitio y causó consternación y un terror compartido. Esto instigó a todas aquellas gentes a buscar de Dios para que los protegiera del diablo. Las iglesias del lugar vieron un aumento en asistencia, pues hasta los borrachos del lugar comenzaron a asistir a las mismas. La iglesia más beneficiada fue la católica, pues por ser la iglesia más vieja del lugar era la que tenía la membresía con Dios más directa. El joven sacerdote no podía creer que su templo estaba lleno por primera vez y que no era porque se estaba celebrando una boda o un bautismo. Aun así, sabía la razón por la cual los feligreses estaban allí y nada podía hacer para ayudarlos. De esta manera había continuado el evento por muchos años y cuando ya el padre estaba viejo nunca logró explicar como aquel viejito había logrado cumplir su amenazante promesa.

Muchos años más tarde, mientras que Ana relataba la versión que Mamá Fortuna le había contado a ella, los gritos del maldito continuaban aterrorizando al lugar, y con el miedo de una generación entera, todavía nadie en el barrio no podía explicarse, cuan larga y agonizante habría de ser la condena del hombre que vivía en el tope de la montaña. Mientras tanto, en un barrio adyacente, un hombre llegaba a su casa a las tres de la mañana cargando un megáfono, una linterna y un radio con una bocina de amplificación de alta calidad desde las cuales emitía sonidos grabados de gritos y cadenas. Este había heredado el trabajo de asustar al barrio de parte de su papá, el cual a su vez había heredado el trabajo de su padre. La versión oficial en la casa de este hombre era algo conocido por él y su familia solamente. De acuerdo con su versión, su abuelo Mayo trabajaba para el hombre que era dueño de la vaquería del barrio adyacente y a él que todos en aquel lugar habían tildado de hereje. Mayo no creía en ninguna de esas estupideces y había establecido una sincera amistad con Guillermo que era su jefe, tanto así que el hombre era el padrino en secreto de su hijo Salvador. Fue a través de esa larga amistad en la cual los dos hombres se habían prometido que el día en que el dueño de la vaquería falleciera; Mayo o su familia habrían de aterrorizar a aquella gente en cada noche de luna llena y como pago su familia habría de heredar los derechos a las tierras del hombre maldito, pues nunca se casó para formar su propia familia.

Con el pasar de los años, Mayo habría de enseñarle a su hijo Salvador los trucos que usaba para cumplir con la promesa que le había hecho a su compadre, y con el pasar del tiempo el trabajo pasó a su hijo Raúl, él cual en el presente contaba con el honor de mantener aquel mito vivo. En esta la última noche de luna llena del mes, habría de comenzar el entrenamiento de su hija, Julia, pues su abuelo había hecho una promesa que los había beneficiado a todos y era su trabajo asegurarse que en el tope de la montaña se oyeran los gritos del fantasma, el arrastre de unas cadenas y de que se vieran las luces de una linterna. Dentro de sus casas, los vecinos todavía arrodillados como lo hacían por muchos años le pedían a Dios y a sus santos que los librase de la penitencia que el hombre aún continuaba pagando, sin darse cuenta de que eran ellos los que llevaban un siglo pagando una condena que les había sido heredada por las envidias y la ignorancia de sus padres.

"De tu sabiduría aprendí a vivir."

"De tu sabiduría aprendí a vivir."

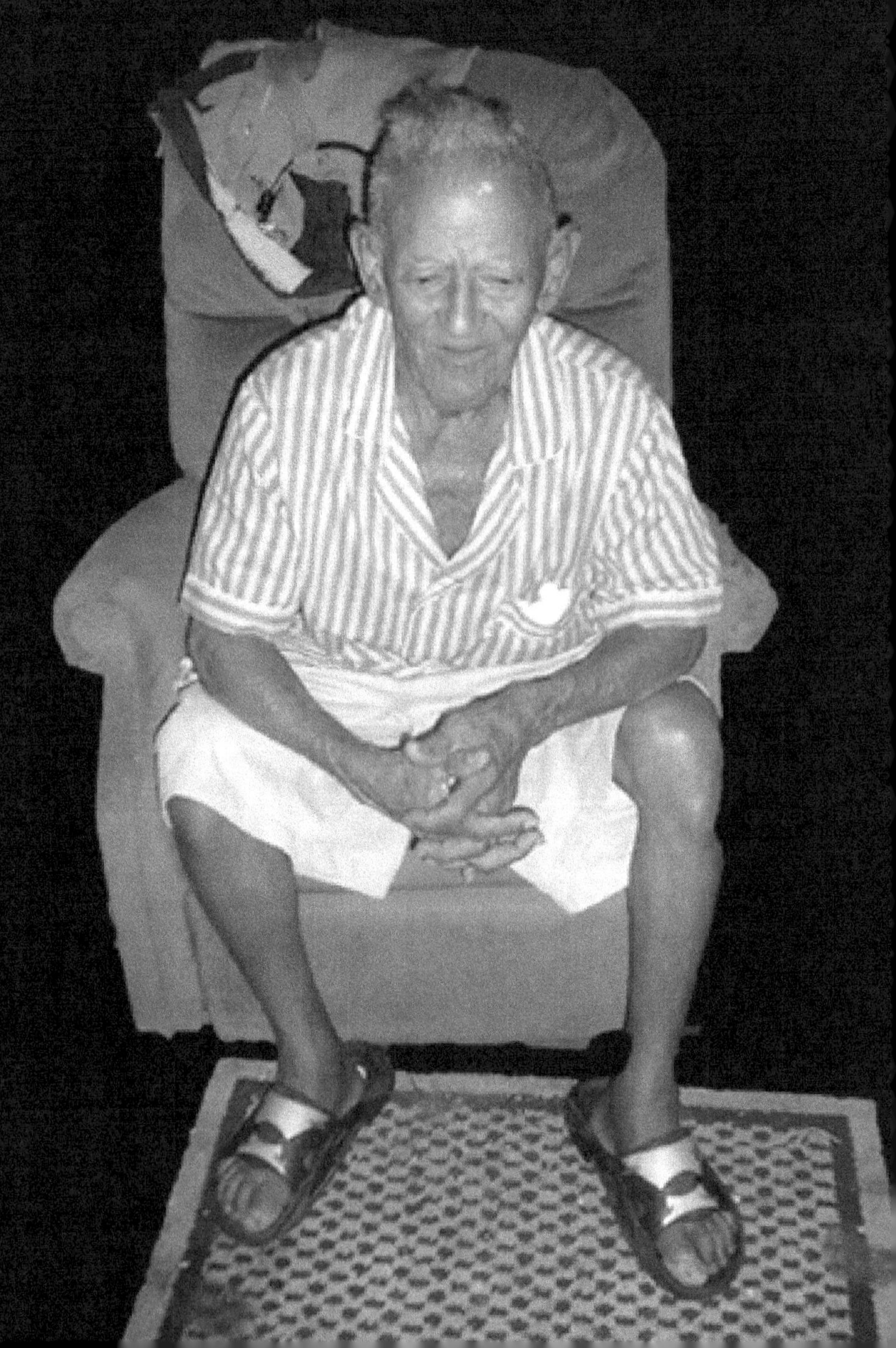

"El Autor de mis
mejores momentos."

La Botija

S ENTADO EN EL PATIO de su casa, Agustín no podía dejar de hablar de su buena suerte, mientras que sus vecinos lo rodeaban asombrados por lo que les estaba enseñando; una cajita de metal oxidada y recién desenterrada de algún lugar, la cual contenía una gran cantidad de objetos de gran valor. Dentro de la misma se podía observar algunas que otras prendas de oro y plata con y sin diamantes y algo de dinero. Los vecinos lo miraban con una mezcla de asombros y envidias, pues aún les era un poco difícil creer que a este pobre hombre la buena suerte le pudiera sonreír como lo había hecho. Agustín los observaba comprendiendo que su historia de cómo había venido a dar aquel golpe de suerte había sido creída por todos los que la habían escuchado. Eso explicaba el porqué de su nueva posición de hombre valiente y con suerte. Desde la muchedumbre de vecinos logró escuchar una voz que le hacía una petición que él estaba esperando:

"Cuéntala otra vez Agustín." -pedía un niño emocionado.

"Si... Si... Si, por favor que no pude oír el principio." -rogó otro niño.

"Está bien lo voy a contar de nuevo pa' que lo oigan todos." -dijo Agustín con una leve sonrisa en su rostro.

Agustín comenzó nuevamente el relato de cómo encontró la botija de su suerte: Esa noche estaba obscura y serena, había un silencio que solo era interrumpido por el cantar de los coquíes, los grillos, las chicharras y el croar del sapo mero. En el medio del monte había una caseta de vigilancia, la cual estaba en un lugar apartado del barrio Los Infiernos. La caseta estaba fabricada de cemento, estaba equipada con un catre, un par de sillas, varias linternas de baterías y un revolver. Era un sitio pequeño que servía como puerto de vigilancia para los empleados de seguridad de la vaquería del barrio. El sitio estaba rodeado de montañas y por la parte baja de las mismas cruzaba una quebrada, y al lado de esta había un llano donde pasteaba el ganado. En aquella caseta se encontraba un nuevo empleado llamado Agustín, el único que se atrevió a aceptar aquel trabajo luego de que, el último empleado, encargado de la vigilancia y la seguridad, fuese encontrado muerto en el momento en el que iba a ser relevado de su puesto. Como era de esperarse en un barrio como este, los rumores de la muerte de Pancho causaron pánico y consternación en el sitio. Después de todo el barrio Los Infiernos era un lugar que había sido testigo de varios acontecimientos de horror donde a varias personas del vecindario se le habían aparecido fantasmas y demonios. En el lugar adonde la caseta estaba era en uno de lugares más tenebrosos del barrio entero, pues según decían sus residentes allí caminaba el diablo cada vez que la luna estaba llena.

La primera noche en su nuevo puesto Agustín no durmió ni un minuto, pues los nervios de ser nuevo y los miedos de que se le apareciese algún demonio no lo dejaron dormir. Aun así, la noche pasó tranquila y sin ningún evento. Todo el ganado amaneció bien y su relevo llegó a tiempo para que se marchara a descansar a su hogar. La segunda noche fue algo parecida y la tercera igual. Al pasar aquella primera semana, Agustín comenzó a acostumbrarse al cantar de los sapos, los grillos, las chicharras y los coquíes. Todo le iba bien y el capataz de la vaquería estaba complacido con su trabajo. La segunda semana fue algo similar por los primeros cuatro días. Ya Agustín llevaba nueve días trabajando, cuando comenzaron a suceder eventos alrededor de la caseta que no podía explicar lo cual lo llenaba de un terror inmenso. En el décimo día de trabajo, la luna estaba llena y él podía observar el ganado desde adentro de la caseta. Fue a eso de las doce de la media noche, cuando sin ninguna razón el ganado comenzó a moverse nervioso como si en el medio de este se anduviera caminando un perro o alguna culebra venenosa. Las vacas comenzaron a mugir: "Muuuu," a la vez que se movían de un lado a otro nerviosas, Agustín un poco asustado agarró una linterna y el revolver para salir a asegurarse de que el ganado estaba a salvo.

Un momento después abrió la puerta y se dispuso a cruzar la quebrada que había entre la caseta y el llano. Al llegar a donde estaban las vacas, Agustín hizo lo posible por calmarlas silbando melódicamente mientras apuntaba la linterna y el revolver a diferentes puntos en la obscuridad, sin lograr alcanzar a ver nada que le pareciese fuera de lugar. Luego de unos minutos intensos en los que su corazón había latido medio millón de veces, Agustín se resignó a la idea de que había sido una culebra o algo de esa índole, lo que había causado aquel pánico entre aquellos animales. Regresó a su puesto y cerró la puerta. En la próxima noche se repitió nuevamente el suceso, Agustín salió de su caseta de observación para cerciorarse de que el ganado estaba seguro. Otra vez armado de su linterna y su pistola, las apuntaba a varios puntos en la obscuridad. Sentía la extraña sensación de que alguien lo observaba desde algún punto escondido, y en una de las direcciones adonde alumbro, Agustín logró ver a una figura vestida de blanco opaco, lo que envió un latigazo de terror desde el tope de su espina dorsal hasta sus piernas. Allí a lo lejos estaba aquella opaca figura inmóvil pero aterradora. Trató de correr, pero sus piernas estaban hechas dos hielos. Luego trató de gritar, pero su lengua estaba más pesada que un elefante. Después de pasar unos segundos intensos, la figura desapareció en la obscuridad y cuando ya los nervios dejaron de amarrar sus piernas, Agustín, corrió a la caseta, entro, cerró la puerta y se arrodilló a hacer una llamada de emergencia a Dios para pedirle protección en contra del diablo.

Al amanecer Chencho, el muchacho que lo relevó de su puesto lo encontró con un ataque de nervios y se convirtió en el primero en escuchar acerca de aquel evento. Agustín salió de la caseta y le señalo al muchacho el preciso lugar adonde el fantasma estuvo parado la noche anterior. Luego de unos minutos se fue a su casa y comenzó a reevaluar su necesidad económica con la realidad de que en su sitio de trabajo se paseaba un fantasma o un demonio. Se pasó todo el día así caminando dentro de su pequeña casa buscando una manera de escaparse de su responsabilidad laboral, pero al llegar la tarde su pobreza le indicaba que no habría de otra, tenía que ir a trabajar. Al llegar a su trabajo el capataz lo abordó para hablar con él de lo acontecido la noche anterior, pues Chencho, se lo había contado cuando andaba supervisando el ganado.

"A ver Agustín ¿Qué fue lo que le pasó anoche?" -preguntó el capataz.

"¿Se lo contó Chencho?"

"Sí."

"Pue yo estaba como siempre en la caseta y…"

Al cabo de unos minutos, cuando Agustín, terminó su relato, el capataz se mostró asombrado y un poco incrédulo, por lo cual preguntó:

"¿Estabas tomando anoche?"

"No jefe, yo cuando trabajo no tomo."

"¡Caramba! A la verdad que eso está muy raro. Yo he oído de esas cosas, pero a mí nunca se me apareció nada y yo trabajé esa caseta por años."

"¿Qué le pueo decil jefe? Eso fue lo que yo vi y por poco me cago del miedo."

"Me lo imagino. Aun así, yo te necesito allá y vas a tener que aguantarte."

"Yo lo sé jefe, pero no se ocupe que hoy vine armao."

"¿Cómo así?"

Agustín procedió a abrir un bulto que llevaba en las manos y dentro de este había un termo de café, una Biblia, un rosario y una estatuilla de la Virgen María. Al ver esto el capataz sonrió y le dio una palmada en el hombro a la vez que se alejaba. Agustín, armado de valor y de aquellas ornamentas de Dios, se fue rumbo a la caseta en medio de aquel inmenso monte. Al llegar relevó a Pepín y entró a la caseta. Ya dentro de la misma colocó la estatuilla en una esquina y la Biblia abierta en el salmo 23 apuntado en dirección a la puerta; mientras que se ponía el rosario en el cuello. Las primeras horas de la noche transcurrieron tranquilas, solo los ruidos de la naturaleza se podían escuchar en todo el lugar. A las 11 P.M; comenzó a llover fuertemente, por más de una hora. A las 12 A.M; las vacas comenzaron a mugir nuevamente y esto envió un cantazo eléctrico de miedo al corazón de aquel pobre hombre cuando se dio cuenta de que era la media noche; y de que era necesario salir de la caseta otra vez para hacer su trabajo.

Otra vez armado con su linterna y su pistola, Agustín salió de la caseta agarrando el rosario que colgaba de su cuello; se persignó y cruzó la quebrada con suma dificultad, pues las aguas estaban ya turbulentas de tanto que había llovido. Al llegar al llano apuntó su linterna y su revolver a varios puntos en la obscuridad y sintió un brinco en su corazón cuando la luz de la linterna alumbró los ojos de una vaca y él creyó ver los ojos de Satanás. Luego continuó alumbrando a otros lugares y al pasar por la misma dirección donde había visto aquel fantasma, su alma desfalleció al volverlo a ver allí, parado al pie de un frondoso árbol de algarrobas. Otra vez se dispuso a salir corriendo cuando de repente el fantasma lanzó un horrendo llanto que lo volvió a frisar adonde estaba parado.

"¡Ahhyy! ¡Ughh! ¡Ahhyy!" -gritó el fantasma.

Así eran los quejidos que Agustín logró escuchar en el momento que se le descongelaron los pies y se lanzó a correr. Brincó dentro de la quebrada crecida y por poco se lo lleva la corriente. Cuando por fin logró salir del agua, corrió a la caseta, entró y cerró la puerta. Inmediatamente agarró la Biblia y la estatuilla de la Virgen María y comenzó a leer el salmo 23, mientras que besaba la imagen de la madre de Jesús, pidiéndole con un fervor inmenso que lo librase de lo malo. Entre rezos y besos se le llegó el amanecer empapado de agua y orines, pues ni él mismo sabía si se había meado encima. Al llegar a la caseta, Chencho lo encontró así y se preocupó. Agustín le volvió a relatar la historia y el muchacho se asustó al pensar que a él también se le apareciese el diablo. Luego de una larga conversación, Agustín convenció al muchacho a que no abandonase su puesto, pues por lo visto el fantasma solo venía de noche. Al otro día Agustín se fue temprano a la iglesia católica del barrio y habló de sus pesares con el Padre Tomás. Al terminar el relato el sacerdote no podía creer lo que escuchaba. Aun así, no se lo dejo saber a aquel hombre nervioso, sino que caminó hacia donde guardaba sus reservas de agua bendita, sacó unas botellitas y se las obsequió. Luego le aconsejo regar la misma donde había visto el fantasma la noche anterior. Al salir de la iglesia Agustín se arrodilló frente a imágenes de Cristo y su madre, se persignó y se marchó rumbo al trabajo. Al llegar a la oficina abordó al capataz inmediatamente:

"Jefe, tengo que hablal algo con uste." -dijo con su mirada apuntada al suelo.

"¿Dígame, Agustín que desea?" -preguntó el capataz.

"Jefe, yo creo que voy a dejal el trabajo."

"Pero hombre, ¿Por qué te vas a rajar?"

"Es que ya van do vece que el maldito fantasma se me aparece y eso no es justo. Estoy que me cago del miedo."

"¡Bendito hombre!, Me vas a dejar corto."

"Yo sé jefe, pero es que me da mucho miedo."

"¿Qué te parece si te aumento el sueldo unos veinte pesos más por semana?"

"Eso suena bien, pero el fantasma todavía me da miedo."

"Ok, te doy treinta más si me ayudas porque nadie quiere tu puesto. ¿Qué dices?"

"Ok, ok jefe, pero si esto me sigue pasando no le pueo prometer na'."

"Trato hecho Agustín, gracias, me sacas de un lío."

"De na' jefe pue ya me voy temprano pa' regal el agua bendita que me dio el Padre Tomás."

"El padre te dio agua bendita y así te quejas si vas armao[1] hasta los seretas."

"Es que el rosario y la biblia no trabajaron."

"Bueno hombre, pues vaya para que hagas lo que tienes que hacer antes de tu turno, porque ya me estás saliendo más caro."

"Ok jefe y hágame el favol de orar por mí."

"Está bien, así lo hago cuando llegue a casa."

Al llegar a la caseta habló con Pepín acerca de su plan y éste estuvo de acuerdo de que era un buen plan para que así Agustín avanzara para él poderse ir pues, ya a él también le daba miedo quedarse allí solo. Luego de poner sus cosas en la caseta, Agustín caminó hasta donde había visto el aparecido y regó un poco de agua bendita por el lugar mientras que decía una oración con los ojos abiertos. Al regresar a la caseta trató de establecer una conversación con Pepín, pero éste tenía prisa de irse dándole una excusa de que tenía algo importante que hacer. Al él irse, Agustín se puso un poco nervioso, pues la posibilidad de otra visita lo preocupaba. Las

---

1. Armao hasta las seretas: Expresión local que alude a poseer un gran arsenal de armas.

primeras horas del turno, pasaron de la misma manera que las anteriores, sin ningún problema. Ya al obscurecer, las estrellas en el cielo daban la impresión de ser millones cucubanos incrustados en un techo. Agustín sentado dentro de la caseta no las vería así, pues el presentimiento de otro espanto lo mantenía en un suspenso constante. Otra vez llegaron las 12 A.M; y nada pasó en aquella hora, lo que proveyó a aquel hombre un poco de calma. A lo mejor el Padre Tomás lo había salvado con las botellitas de agua bendita que le había regalado.

Así llegó la 1 A.M; y las vacas comenzaron a moverse nerviosas de un lado a otro, Agustín no salió inmediatamente y pensó que a lo mejor era más prudente quedarse dentro de la caseta. Después de un momento se pre-ocupó de que esta vez fuese un ladrón y de que le robaran un novillo o una vaca. ¿Cómo habría de explicárselo al capataz? Entonces se decidió salir a hacer su trabajo. Con su linterna y pistola en manos cruzó nuevamente la quebrada y alumbró frenéticamente de un lado a otro, tratando de pasar por alto el lugar donde se paró el fantasma las primeras dos veces que lo vio. Luego de no ver nada se dejó ganar por la curiosidad y alumbró hacia abajo del árbol de algarrobas y allí estaba nuevamente el aparecido, gimien-do levemente, pero sin mirar arriba y sin moverse. Tembloroso Agustín, retrocedió observando detenidamente aquel fantasma, el cual continuaba parado bajo el árbol de algarroba. De repente el fantasma miró hacia arriba y sin mover las piernas se movió en dirección al hombre asustado. Agustín dejó caer su linterna y corrió desenfrenadamente hasta la caseta, y cuando ya estaba por abrir la puerta; pudo observar que el aparecido estaba ya cruzando la quebrada. En aquel instante, sintió sus propios orines baján-dole por los pantalones, mientras cerraba la puerta y se lanzaba de cabeza en el catre con la Biblia, la estatuilla de la virgen y las botellitas de agua bendita en las manos. El fantasma lloraba desconsolado y lamentándose fuera de la caseta, mientras Agustín lloraba y maldecía el momento que decidió aceptar aquel trabajo tan peligroso.

"¡Maldita sea la madre! A quien se le ocurre cogel un trabajo como este, donde el último empleáo lo encontraron muelto."

Al pensar esto, Agustín sintió escalofríos en el cuerpo, cuándo se lo ocurrió que a lo mejor aquel fantasma había asesinado a Pancho y ahora estaba buscando sangre nueva. Nuevamente, sintió el calor momentáneo de sus orines bajándole por los pantalones, mientras tanto desde afuera se oía un leve llanto desconsolado, pero constante. Unos minutos más tarde la puerta empezó a temblar y Agustín se desmayó del miedo. En la mañana siguiente Chencho lo encontró tembloroso y él salió de la caseta sin decir una palabra y se marchó. Llegó a las puertas de la iglesia y el padre Tomás lo recibió apestoso a orines. Esta vez el sacerdote se preocupó sinceramente y se puso a hablar con él. Luego de escuchar aquel nuevo relato, el padre hizo varias preguntas que Agustín no se había hecho el mismo.

"¿Cuántas veces has visto el fantasma?" -preguntó el sacerdote.

"Tres vece ya." -contestó Agustín.

"¿Y te ha atacado?"

"No."

"¿Estás seguro?"

"Si solo me pelsiguió hasta la caseta."

"¿Y qué hizo luego?"

"Se quedó afuera llorando y empezó a jodel con la puelta."

"Hijo, recuerda que estás en la casa de Dios."

"Perdóneme Padre, no lo quise decil así."

"No te preocupes, yo entiendo. Ahora hablando del fantasma, si lo que hace es llorar sin atacarte no creo que tienes de que temer."

"¿Y si me quiere matal?"

"Ya lo hubiera hecho. Un fantasma no tiene que usar la puerta para entrar y si no entró es por algo."

"A lo mejol es la Biblia y la Santa María que tengo adentro de la caseta."

"A lo mejor, aun así, confía en Dios y él te librara de ese mal."

"¿Uste cree Padre?"

"Dios lo puede todo.

"Écheme la bendición "padre y ore pol mí."

"Yo siempre oro por todas las personas de este mundo."

"Yo lo sé Padre, pero mencione mi nombre, pa' vel si Dios mira en la dirección de mi caseta."

"Ok hijo, vete con Dios en el nombre del Padre, del Hijo y del Espíritu Santo."

"¡Amén!"

El sacerdote se sentó a pensar en los relatos del hombre y a recolectar las memorias de tantas personas que en aquel lugar aseguraban haber sido abordados por visiones de fantasmas en diferentes ocasiones. Aun así, nadie le había dicho que el encuentro se había repetido más de una vez. Entonces comenzó a pensar en Agustín y en la posibilidad de que el miedo lo estaba volviendo loco y esto lo empujo a decir una sincera oración en la que rogaba para que Dios protegiera la mente de aquel pobre hombre en contra de sus propios miedos. Agustín no pudo descansar el día entero y en un acto de desesperación se llenó de rabia, pues él no se merecía aquel tormento. Al llegar la tarde se fue a trabajar lleno de odio y rabia hacia aquella figura que lo atormentaba. Relevó a Pepín del puesto y se puso a esperar la media noche para darle la cara a aquel demonio.

"Si me va a matal que me mate ya y se deje de estal jodiéndome que yo ya estoy jarto de este hijo e puta asustándome toas las noches."

Al llegar la media noche, el mugir de las vacas, confirmaba la llegada del fantasma y la hora en que Agustín habría de jugarse la vida, para que este lo dejara en paz. Salió de la caseta y cruzó la quebrada inmediatamente. Llegó al llano y buscó al fantasma en la obscuridad y cuando lo divisó le hizo varios disparos con su revólver calibre 38. Al terminar se dio cuenta de que nada había pasado, el fantasma seguía allí parado y se le podía escuchar gimiendo tímidamente sin moverse. Agustín desesperado le grito:

"¿Qué carajo quieres conmigo, hijo e puta? ¿Pol qué no me dejas trabajal en pas? ¿Qué te hice yo pa' qué me estés jodiendo toas las noches?"

Al finalizar con aquel carreteo de gritos notó que el fantasma no se movía, sino que continuaba en el mismo lugar parado y llorando en voz baja. Fue en este momento en que se dio cuenta de que el fantasma le apuntaba hacia el suelo con el dedo pulgar de la mano derecha.

"¿Tú lo que quiere es que yo te ayude con algo?" -le preguntó al fantasma.

Este dejo de gemir inmediatamente y movió su cabeza en la afirmativa, mientras continuaba apuntando su dedo al suelo al lado de las raíces del árbol de algarrobas. Entonces, Agustín comprendió que el muerto solo quería dejar saber de un secreto que lo mantenía atado a este mundo y necesitaba dejarlo saber para poder descansar en paz. Aunque aún nervioso por el encuentro, Agustín regresó a la caseta y buscó un pico y una pala que tenía allí para usarla para sacar a alguna vaca si se atascaba en el lodo. Regresó al punto donde el fantasma ya tranquilo esperaba por él. Agustín comenzó a hacer un hoyo al pie del árbol, alumbrando con su linterna y pico en la mano. En un momento dado, Agustín, sintió algo frío tocándole el cuello y entre el susto y el asombro lanzó una amenaza en gritos:

"Si te pones a jodelme no te saco na' de la tierra, así que mira a vel si te estás quieto."

El fantasma paró de tocarlo y él continúo excavando en el lugar, y cuando ya había hecho un hoyo de casi cuatro pies de profundidad sintió el pico chocar con algo metálico. En ese instante escuchó, una carcajada que expresaba un alivio eterno, y cuando Agustín miró hacia arriba pudo ver al fantasma desintegrarse en su presencia. Unos minutos más tarde regresaba a la caseta con una cajita de metal oxidada y un gran alivio. Al abrirla se llenó de alegría, pues estaba llena de dinero junto con prendas de diferentes materiales como el oro y la plata, además de algunos diamantes.

Al otro día Chencho se convirtió en el primero en escuchar la historia de la noche anterior, aunque esta vez Agustín estaba contento con su recién encontrada fortuna, le obsequió al muchacho cincuenta pesos y se fue a su casa a celebrar que había ayudado al fantasma a encontrar su descanso eterno. Luego de unas horas, salió rumbo a la iglesia a ver al Padre Tomás, y después de relatarle lo que había sucedido ofreció una bondadosa ofrenda y se marchó a su hogar. El Padre no sabía qué hacer con aquella información, pues él no creía en esas cosas, pero allí estaba aquel hombre que días atrás había llegado con una historia aterrorizante y ahora volvía con dinero a pagarle a Dios por su ayuda. Esto hizo que el cura dudara de su conexión con Dios y de su entendimiento de las escrituras. Aun así, él tenía fe y puso sus dudas en las manos de Dios; al mismo tiempo que ponía la ofrenda en la cajita de colectas de la iglesia.

Ya en su casa, Agustín comenzó a recibir visitas de algunos vecinos, que al escuchar el relato de la boca de Chencho querían ver la cajita de metal y oír la historia de sus labios. Muy contento de relatar lo sucedido, Agustín relató la historia una y otra vez, y al otro día el batey[2] de su casa se encontraba lleno de gentes que querían escuchar la historia del fantasma y el tesoro enterrado. Los complació cada vez con una sonrisa pícara en sus labios. Un momento más tarde llegó el capataz y le pidió relatar su historia nuevamente, Agustín accedió y volvió a hacer el relato a la vez que le mostraba al hombre la cajita corroída por el óxido y el tiempo. El capataz lo miró y le hizo unas preguntas:

"¿Eso quiere decir que ya no vas a trabajar con nosotros?"

"¿Y pol qué no jefe? Yo soy un hombre decente de trabajo."

"¿Entonces a la misma hora esta noche?"

"A la misma hora jefe."

"¿Qué vas a hacer con ese tesoro?"

"Una casita más grande con Dios pol delante."

"Qué bueno, pues te espero, no me vayas a quedar mal."

"Nunca jefe, yo soy un hombre de palabra."

"¡Ya lo sé! Si un fantasma, no te hizo rajarte, nada lo hará."

"¿Y con la nueva paga pa' que me voy a rajal?"

"Ya se me olvidaba que ahora que tienes dinero me sales más caro."

"No lo diga así que me siento mal."

"Nada de eso hombre, un trato es un trato."

El hombre se marchó dejando a Agustín rodeado de gente, cuando ya había repetido la historia como se lo habían pedido se despidió de todos porque tenía que irse a trabajar en medio del monte. La gente se despidió de él con una mezcla de admiración y envidia. A la misma vez que sentían temor al pensar lo que ellos hubiesen hecho en la misma situación y que harían

---

2. *Batey: Patio*

ahora luego de que ya se les había aparecido un fantasma. Dentro de su casa, Agustín se sentó en su sala a contemplar la cajita oxidada, mientras pensaba en lo bueno que es estar en el lugar correcto al tiempo correcto y de una vez se puso a recordar la versión verídica de cómo había dado con aquel tesoro. Unas semanas antes se encontraba en la barra del barrio, y sentado en la meseta estaba Pancho tomándose unos tragos de ron, se le sentó al lado y lo saludó. Unos minutos más tardes los dos hombres habían establecido una conversación cordial. Agustín le preguntó a Pancho si la vaquería estaba buscando trabajadores y este le respondió que no. Aun así, continuaron tomando hasta que Pancho estaba en un estado de embriaguez y se le comenzó a soltar la lengua.

"Esto de velar vacas no es lo mío." dijo Pancho borracho.

"¿Pero ayuda con algo?"

"Yo no necesito ese trabajo, pue yo soy rico."

"¡Un rico velando vacas! A la veldad que ya está borracho."

"Yo... Yo... Yo no estoy borracho."

"¿Y entonces ahonde está tu dinero?"

Pancho ya completamente borracho, se acercó a Agustín y le hizo una pregunta:

"¿Me pues gualdar un secreto?"

"Pue seguro compadre yo soy un hombre de palabra."

Así fue como Pancho le confesó a Agustín que muchos años atrás se había robado una gran fortuna en varios pueblos de la isla. Él y sus cómplices lograron escapar al ser perseguidos, pero al cabo de unos días agarraron a sus cómplices y los asesinaron. Él se sintió acorralado y decidió enterrar el botín en un monte del barrio Los Infiernos. Luego de que se enfriaron las cosas, Pancho obtuvo un trabajo en la vaquería del pueblo, para estar un poco cerca de su botín. Aun así, entre las esperas de que se enfriara la cosa y el miedo de que lo matasen, se puso viejo y ahora en el lugar donde enterró su botín había una pequeña maleza en la cual se encontraba un árbol de algarrobas. Al finalizar su historia, Pancho le hizo señas a Agustín tapándose los labios con el dedo y se marchó a su hogar. Dos días más tarde lo encontraron muerto en la caseta de vigilancia y con él se habría de ir su secreto.

Agustín, pensaba en la historia y de cómo podía llegar al sitio descrito por Pancho, para llegar al mismo tenía que ser empleado de la vaquería. Entonces fue y aplicó por el trabajo del difunto. Al ser contratado llegó cerca de donde el supuesto tesoro estaba escondido. Aun así, había que ser astuto, pues si encontraba el tesoro en su primer día levantaría sospechas. Entonces se decidió a esperar para jugar las cartas de manera que no dejara a nadie con dudas. Así fue como decidió que el fantasma tenía que aparecer después de las novenas de duelo por la muerte de Pancho, pues si había dudas todos los supersticiosos del barrio habrían de suponer que Pancho era el fantasma. Al pasar los primeros nueve días comenzaría la actuación para que nadie se atreviera acercarse al lugar, mientras él hacia los hoyos en varios puntos de la maleza, buscando dar con el lugar preciso donde el difunto había enterrado su botín. También decidió reportar el borde del algarrobo, como el punto del desentierro por si alguien se dejaba ganar por la curiosidad no fuese a encontrar todos los otros hoyos que tendría que hacer en su búsqueda. De igual manera iría a la iglesia para que el cura del barrio estuviese al tanto de lo que estaba pasando y si algo salía mal, tenía un testigo del lado de Dios. Después de haber encontrado lo que andaba buscando les mostraría a todos una buena parte del botín, pero no toda por si acaso alguien tenía dudas y al final le daría un poco de dinero a Chencho por haberlo asustado para que se mantuviese dentro de la caseta. Ofrecería una buena ofrenda al cura por haber orado por él y como muestra de su fe en Dios.

Fue así como la historia de Agustín comenzó a divulgarse por el barrio Los Infiernos y en cada casa del lugar se habló de su fantasma y la botija. Hasta el Padre de la iglesia habría de mencionar las tribulaciones de aquel hombre durante sus misas y de cómo este buscó de la ayuda de Dios y Él se la proveyó. Sentado dentro de su casa, aquel hombre disfrutaba de su buena fortuna, pues encontró un gran tesoro, al mismo tiempo de que lo convirtieron en el empleado mejor pagado de la vaquería, y la persona más admirada del lugar. Todo le había salido de acuerdo con su plan, porque un tesoro regalado por un muerto solo le pertenece a la persona que el fantasma ocupó para ayudarlo, así que no habría problemas con el capataz si él se quedaba con todo lo que encontró. Con el pasar de los años la gente olvidó los detalles de la historia de Agustín, hasta llegar a olvidarse de su nombre. A pesar de olvidarse de estos detalles, las personas del barrio nunca olvidaron el fantasma y la botija; lo que se convirtió en un mito que habría de ser repetido de generación a generación, de tal manera que unos cien años más tarde la historia se repetía con un aire de incredulidad y admiración por aquel hombre valiente que ayudó a un fantasma a encontrar su descanso eterno y fue premiado con una cajita oxidada llena de oro, plata, y diamantes de mil quilates...

Papa Pello

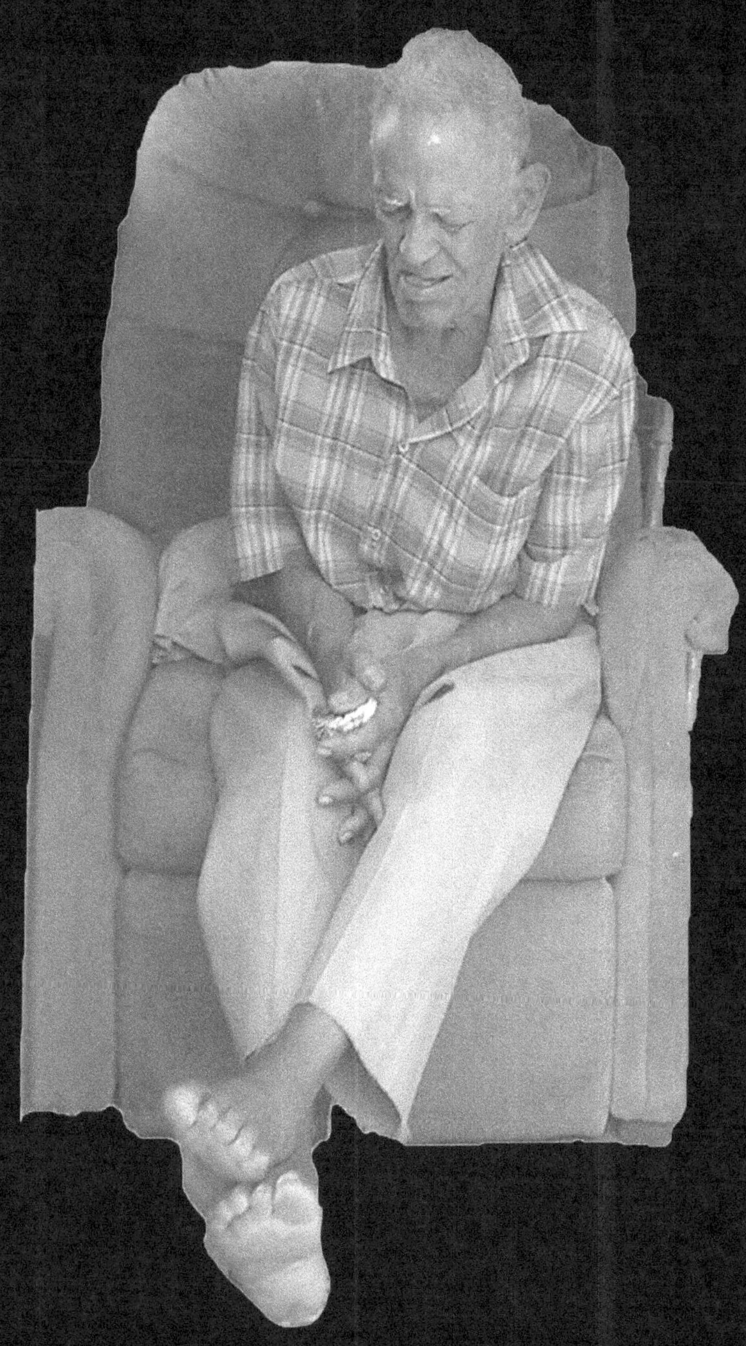

"Mi querido viejo te llevare conmigo a través de los tiempos."

Trampa para Brujas

EL GALLO CANTÓ a eso de las cinco y media de la mañana mientras el sol comenzaba a salir anunciando un nuevo amanecer. Una por una las puertas de las casas del barrio se fueron abriendo. Desde una de estas casas se abrió una puerta y salió un niño a caminar por el batey[1] para dirigirse a la casa de su abuelo a tomar café. Al llegar a la casa, su abuelito Don Ismael ya lo esperaba con un cacharro[2] de café y un pedazo de pan en las manos. El niño pidió la bendición y se sentó al borde de la puerta a comerse aquel desayuno que su abuelo le había preparado. Como era de costumbre su abuelo le preguntó qué haría en aquella mañana de verano, pues ya la escuela estaba en receso. El niño comentó que durante el día había que mezclar un poco de cemento, para empañetar una de las paredes de su hogar, la cual aún estaba en construcción, aunque la familia ya vivía en esta.

"¿Pa' onde va tan temprano?" -preguntó el abuelo.

---

1. *Batey: Patio*

2. *Cacharro: Vaso rústico hecho con una lata vieja.*

"Pa' ningún lao, a trabajar con pai en la casa."

"¿Y qué va hacel tu paí hoy?"

"A empañetar el cuarto nuevo."

"¿Y quién ma' los va a ayudal?"

"Solo papi y yo."

"Pue yo voy pa'allá a echarle una mano."

"Pai y yo podemos."

"Pue voy de vago a miral."

El niño esperó que su abuelo se cambiara de sus pijamas improvisadas a su vestimenta habitual. El abuelo se vistió con un <u>pantalón brinca charcos</u>[3] gastado y una camisa toda descolorida, además de un sombrero de pava. El niño se fue corriendo a jugar con la arena que se usaría para mezclar el cemento mientras que su abuelo caminaba lentamente detrás. Al llegar hasta donde estaba su nieto Don Ismael lo notó enfuscado con su atención en una substancia que estaba tirada en medio de la arena. El niño miró a su abuelo y dijo:

"Papá, eso parece mierda."

"Carajo, esas putas no se cansan de joder." -dijo el viejo visiblemente molesto.

"¿Qué tú dices?"

"Eso que está ahí es mielda de brujas."

"¿Mierda de brujas?"

"Sí, eso es una de esas pendejas que está enamora de uno de los hombres de aquí."

"¿Papá tú estás relajando conmigo?"

---

3. *Pantalón brinca charcos: Pantalón mal cortado que no llega a los tobillos.*

"No mijo, con esas cosas no se relaja."

"Pero, las brujas no existen."

"¡Claro que sí!"

"¿Y por qué se cagaron en la arena?"

"Pa' dejarle saber a las otras brujas de que aquí hay un hombre que ella está velando."

"¿Y a quién será?"

"A lo mejol es a tu pai o a tu tío."

Aunque el niño, nunca había escuchado acerca de las brujas en la escuela, se preocupó por su papá y su tío, cuando vio en los ojos de su abuelo la seriedad y la convicción con la que él hablaba del asunto; pues conocía bien a su abuelo y él no era un hombre de andar bromeando con un asunto tan serio. Entonces decidió preguntar:

"Papá Ismael, ¿Y qué podemos hacer para protegernos de las brujas?"

"Niño, hay que asegurarse de no dejal ropa tendía y mucho meno calzoncillos."

"¿Calzoncillos?"

"Si polque esas puelcas vienen a güelerlos[4] y pasarle la lengua por el frente."

"¿Y pa' que hacen eso?"

"Pa' embrujar a los hombres."

Al escuchar aquella aseveración por parte de su abuelo el chiquillo, corrió dentro de su casa y le dijo a su mamá:

"Mami, abuelo Ismael dice que en la arena se cagó una bruja que está enamora de Pai o de tío."

Al escuchar estás palabras la mamá del niño se giró a mirarlo con una leve

---

4. Güelerlos : Olerlos

sonrisa en su rostro mientras le decía:

"Niño no seas zángano, las brujas no existen."

"Eso fue lo que yo dije, pero él dice que sí."

"Mijo esas son superesticiones de los viejos."

"¿Y la mierda de bruja que hay en la arena?"

"¡Eso no es mierda!"

"¿Y entonces qué es?"

A esta pregunta la madre no le tenía respuesta y esto causó dudas en la mente del niño. Regresó al batey adonde su abuelo todavía murmuraba la molestia de haber encontrado aquella mierda en la arena. Él no entendía por qué aquello molestaba a su abuelo de tal manera y tampoco porque su mamá no se preocupaba por la posibilidad de que alguna bruja hechizara a su esposo. La confusión que sentía lo llevó a preguntarse si alguno de los dos le mentía o si los dos estaban tomándole el pelo. Miró a su abuelo y comentó:

"Abuelo, mami dice que las brujas no existen."

"Eso es porque tu maí es de la gente nueva."

"¿Cómo que gente nueva?"

"La gente de ahora no vieron na' como nosotros los viejos."

"¿Y tú vistes una bruja?"

"Yo nunca he visto una, pero a mi compai Cruz le salió una en el pozo."

"¿En el pozo donde nos bañamos?"

"Ahí mismo."

"¿Cuándo fue eso?"

"Hace bastante tiempo."

"¿Y qué pasó?"

"La condena le pidió los calzoncillos pa' lavárselos."

"Los calzoncillos."

"Si es que son unas frescas."

"¿Y qué hizo él?"

"Salió huyendo monte arriba. Iba como alma que lleva el diablo."

"¿Y la bruja lo corrió?"

"No, pero él dice que ella empezó a gritar como si fuera un animal."

La conversación continuó con el niño haciendo varias preguntas y el viejo reforzando su historia y la veracidad de esta. Mientras el viejo hablaba el niño se notaba un poco confundido a la misma vez que se intrigaba por aquella historia que su abuelo Ismael le contaba. Él estaba tratando de confirmar que su abuelo no le estaba tomando el pelo, pues éste mostraba una convicción casi religiosa, mientras hablaba de aquel evento del que él no fue testigo. Aunque Don Ismael no tenía experiencias personales con tales eventos, no dudaba de la palabra de un hombre serio como lo era su compadre Cruz. Esto convencía al niño de que su abuelo decía la verdad, y si ese era el caso, se preguntaba por qué su mamá le mentía. Esa confusión lo inquieto todo el día, hasta que llegó la noche. Ya en su cama dormido, sintió la presencia de un ser respirando cerca de su cara. Al abrir los ojos en la obscuridad vio a una mujer de edad avanzada sentada al borde de su cama y mirándolo fijamente a los ojos. El corazón del chiquillo comenzó a latir aceleradamente mientras que por alguna razón su boca estaba totalmente sellada, y no podía gritar para que su mamá o papá lo rescataran. Al tratar de moverse se encontró despierto con los ojos abiertos e inmediatamente miró adonde se encontraba aquella mujer, ya no vio a nadie. Temeroso de que la mujer volviese no se atrevió a cerrar los ojos nuevamente, pero como quiera se quedó dormido.

Al otro día en la mañana se levantó temprano y se fue a la casa de su abuelo, Ismael ya estaba despierto en sus pijamas de siempre y en su cocina se disipaba un buen olor a café colado. El niño pidió la bendición como era su costumbre y luego recibió de las manos de su abuelo una taza de café caliente y un pedazo de pan con mantequilla. Los dos se sentaron al borde de la puerta de la cocina que daba a unos escalones de cemento que daban al patio. Allí, sentados en las escaleras, había dos generaciones, separadas por más de sesenta años. El niño miró al anciano y preguntó:

"¿Abuelo las brujas se cagan en la arena y no hacen más na'?"-preguntó con curiosidad el niño.

"Esas condenas hacen un montón de cosas."

"¿Cómo cuáles?"

"Se pasean por los rededores de la casa, a ligal a los hombres por las rendijas de la pared."

"¿Y ellas pueden entrar a la casa, si la puerta está cerra?"

"Yo no sé, de esos demonios to' se pue esperal."

"¿Y tú nunca has sabido de una que se halla metió en la casa de alguien?"

"Yo he oío de to'."

"¿Y si se meten en tu cuarto qué?"

"¡Ay bendito mijo, eso sería algo malo!"

El niño tembló por dentro al escuchar a su abuelo hacer aquel comentario, pues estaba seguro de que la bruja ya sabía que él sabía que ella estaba merodeando alrededor de su casa. Por esa razón se fue a buscar en la arena y efectivamente allí había más mierda de bruja. Regresó adonde su abuelo y le comentó lo que había pasado la noche anterior. El viejito entendió de inmediato y le dijo a su nieto:

"Tú lo que tuviste fue un sueño malo."

"¿Un sueño malo?"

"Una pesadia de esas que la gente a veces tiene."

"¿Qué es una pesadia?"

"Es como un sueño malo en el que tú cree que te levanta y estás todavía dormio."

"¿Qué estás todavía dormio?"

"Si es como que te levanta dos vece."

"Eso fue lo que me pasó a mí."

"Eso mismo es una pesadia."

"Me dio mucho miedo."

"Niño, las brujas no se enamoran de culicagaos, solo de hombres hechos y derechos."

"¿Cómo Papi o como tío?"

"Así mismo, como eso dos."

"¿Y por qué no de ti?"

"¿Y pa' que le va a servil un viejo como yo?"

"¿Y pa' que quiere a papi o a tío?"

"Eso lo sabrá ella sola."

"Allá en la arena hay más mierda de ella."

"Pues esa condena esta enchula[5] ."

"¿Y cómo la hacemos irse?"

"¿Pa' eso hay que ponerle una trampa de brujas."

"¿Y qué es eso?"

"Hay que ponerle un calzoncillo empapao de vinagre y sal."

"¿Y por qué?

"Pa' que se amargue la desgracia y se vaya pa' las pailas del carajo a enchularse de otro macho."

---

5. *Enchula: Enamorada.*

Luego de consultar a su abuelo, el niño se fue a ayudar a su padre con la faena del día. Al llegar a la arena miró el lugar donde había estado el excremento de la bruja. Su papá lo miró con curiosidad, pues no era algo raro que su hijo no estuviese preguntando que se iba a hacer en el momento.

"¿Qué te pasa?" -preguntó el padre.

"Na', es que aquí había mierda de bruja."

"Ah sí, yo ya la tiré monte abajo."

"Papi, ¿A ti no te da miedo eso?"

"No, yo nunca he visto una."

"Pero, abuelo dice que ella está enamora."

"Esos son zanganerías, aquí nunca se ha visto algo así."

"¿Y en otros sitios?"

"Según la gente sí, pero yo no lo he visto. Bueno, vamos a empezal que tenemos que mezclar bastante cemento hoy."

"Ok pai."

El niño y su padre trabajaron solos por unos minutos, antes de que llegase su tío Salvador, un hombre bohemio que era hermano de su papá. Éste se había levantado tarde luego de su habitual noche de borracheras. Salvador comenzó a cargar arena junto con su sobrino y el niño lo miró antes de decir:

"Anoche se cagó una bruja en la arena."

"Ay, carajo hay una de esas pendejas jodiendo por aquí."

"Abuelo dice que puede estar enamora de ti o de papi."

"Ay niño, a estas alturas ni una bruja se enamora de mí."

"¿Y por qué no?"

"Mejol no hablemos deso[6]."

"Entonces, ¿Tú crees que está enamora de papi?"

"Quien sabe, a lo mejol."

"Papi dice que nunca ha visto ninguna bruja."

"Pues yo sé que, a mi compai Confesor se la apareció una y por poco se lo lleva el diablo."

"¿Adónde se le apareció?"

"Ma' abajo del cementerio una noche que venía en caballo del pueblo."

Salvador comenzó a relatarle a su sobrino aquella historia conocida por todos en el barrio. De acuerdo con el conocimiento popular, Confesor viajaba a través de los caminos de polvo que conectaban al pueblo, con sus diferentes barrios. Ya había llegado frente al cementerio cuando logró divisar a una niña sentada a la orilla del camino en una piedra. Ésta se encontraba sollozando del terror, y Confesor se detuvo a preguntarle que le pasaba. La niña le dijo que se había caído de la carreta de sus padres y ellos no se habían dado cuenta. Él sintió una gran pena por aquella criatura y le pidió que se montara en el caballo, para ver si podían alcanzar a la carreta. La niña se montó y Confesor arreó el caballo para que corriese más rápido. Unos minutos más tarde ya la niña no lloraba y Confesor puso una mano hacia atrás para asegurarse de que todavía estaba montada en el caballo; pero cuando toco las piernas de su pasajera se dio cuenta de que ya no era una niña, pues tenía unos muslos más grandes y al parecer de un adulto. Confesor se asustó y miró hacia atrás para ver que la niña se había transformado en una mujer de feas apariencias y con unos ojos rojos que reflejaban a un demonio poseído. Brinco de su caballo al mismo instante en que la criatura lanzaba una espeluznante carcajada que le entró por los oídos y se le fue directo al alma. Confesor se levantó del lugar donde había caído y comenzó a correr monte adentro en la obscuridad, sin saber adónde iba ni cuando iba a parar. A lo lejos mientras corría volvió a escuchar a la niña sollozando a lo lejos, seguramente buscando a otra víctima. Al otro día Confesor llegó a su casa todo sucio y sin su caballo. Aquella fue la última vez en la que salió al pueblo a tomar licor en la barra del sitio.

---

6. *Deso: De eso.*

Este relato le paró los pelos de miedo al niño, pues ya eran tres personas las que le confirmaban la existencia de aquellas místicas mujeres aferradas a lo maligno, y solo él sabía que en la noche anterior había encontrado a una sentada al lado de su cama. Durante toda la jornada de trabajo estuvo pensativo, analizando cómo habría de salvarse de que se lo chupara la bruja. Ya en la tarde, cuando terminaron de trabajar en la casa, se fue a casa de su tío Salvador y le hizo una petición muy peculiar a la que él reaccionó con asombro y un ataque de risa.

"Tío Salvo."

"Dime mijo."

"¿Tú me puedes dar un calzoncillo que tú no uses mucho?"

"Dalte un calzoncillo. ¿Y pa' que carajo tú quieres un calzoncillo mío?"

"Pa' ponerle una trampa a la bruja que está rebuscando en la arena de papi."

"¿De qué carajo tú habla muchacho?"

"Que hace dos días hay una bruja cagándose en la arena, yo ya te dije."

"Muchacho eso son pendejaces, en este canto nunca nadie ha visto a una bruja."

"¿Y tú no me dijiste lo de Confesor?"

"Si niño, pero eso son historias que él dijo polqué a lo mejor estaba muy borracho. Créeme cuando uno está borracho ve de to'."

"Pero, abuelito Ismael dice que es verdad."

"Papá es de otros tiempos y cree en todas esas supersticiones."

"Como quiera, yo quiero poner una trampa pa' brujas."

"Niño, te voy a dal el calzoncillo más viejo que tengo pa' que hagas lo que tienes que hacel."

"Yo te lo devuelvo.

"Ni se te ocurra, después de que lo uses bótalo."

"Está bien tío."

"Una cosa más, déjate de estar pensando en esas cosas que eso no es bueno."

"Está bien."

Salió de la casa de su tío Salvador y se dirigió a su casa a buscar la segunda pieza de su trampa para brujas. Entró al cuarto de sus padres y buscó en la ropa interior de su papá. Tomó uno de los calzoncillos que había allí y se dirigió a la cocina a buscar en la lacena un poco de vinagre y sal. Así lo encontró su mamá y asombrada le preguntó:

"¿Qué tú estás haciendo?"

"Una trampa pa' las brujas."

"¿Una qué?"

"Una trampa pa' las brujas que se están cagando en la arena."

"Muchacho, tú sigues con esas sananerías."

"Es que abuelo dice que es verdad y que es que tú no has visto ninguna, porque eres de la gente nueva."

"Yo no he visto ninguna porque eso no existe."

"¿Y la mierda de bruja que aparece en la arena?"

"Eso no es mierda niño, eso es otra cosa."

"¿Y entonces qué es?

"Yo no sé qué es, pero mierda no es."

"Como quiera hay que hacer una trampa pa' cacharla."

"Mijo que sea la primera y última vez que tú me gastes lo poco que tenemos pa' esas estupideces. Usa lo que ya sacaste, pero no lo vuelvas a hacer."

"Está bien mai, solo lo hago hoy."

"Y por si acaso, como es que trabaja lo de la trampa pa' las brujas."

Comenzó a explicarle a su madre acerca de aquella trampa que su abuelo Ismael le había descrito. La mamá, lo miró con asombro a la vez que él le mostraba los ingredientes de esta. Tenía una tacita de vinagre, un poquito de sal y dos calzoncillos viejos. Al sacar aquella ropa interior la mamá comenzó a reírse como si su pequeño le hubiese hecho el chiste más gracioso del momento. El niño a su vez no entendía como en situaciones tan serías su madre no parecía entender la gravedad del momento, había una bruja jodiendo de noche y para colmo se estaba metiendo a su cuarto a verlo dormir. Después de sostener aquella conversación con su madre, el niño salió al patio y se fue a la casa de su abuelito Ismael para mostrarle los ingredientes que había colectado. El viejito sentado al margen de la puerta de la cocina escuchaba un juego de pelota en la radio, mientras que mascaba tabaco nervioso, pues su equipo, los cangrejeros de Santurce, estaban perdiendo en la parte baja de la octava entrada. El niño llegó y el anciano ni se dio cuenta, así que tocó a su abuelo en el hombro y él se viró a mirarlo aun con su mente en el juego de pelota. El niño le mostró a su abuelo los ingredientes que había colectado para hacer una trampa para brujas. Después miró a su abuelo y le dijo:

"Abuelito ¿Cómo se hace la trampa?"

"Tienes que mezclal el vinagre y la sal en un cacharro viejo."

"¿Y después?"

"Pon los calzoncillos de frente en el piso."

"¡Aja!"

"Y dispue le echa un poquito de la mezcla en folma de cruz."

"¿En forma de cruz?"

"Si muchacho en forma de cruz de iglesia."

"¿Y después que hago?"

"Los pone enganchaos en un palito onde la bruja se cagó."

"¿Ya?"

"Sí, ella viene por la noche, cuando vea eso se va a dil asusta y no vuelve ma'."

"¿De verdad?"

"Si muchacho, vaya y haga su trampa y déjame oil el juego que está un poco cerrao."

Se fue al patio, que estaba entre las dos casas y procedió a crear su trampa de acuerdo con las instrucciones que su abuelo le había dado. Desde adentro de la casa, su mamá y su papá lo miraban curiosos, pero sin decir una palabra. Terminó de hacer lo que le habían dicho y se fue a la arena a tender los dos calzoncillos en una rama seca. Después de terminar de hacer su trampa se dio cuenta de que se le había hecho tarde para irse a bañar al manantial donde se bañaban las personas pobres en cuyas casas no había agua potable. El sol ya había descendido en el horizonte y la obscuridad ya arropaba el lugar. El niño agarró un jabón y salió corriendo a El Pozo como era conocido aquel manantial. Se llegaba a este por dos caminos que se abrían paso en el medio de los árboles. Los vecinos llegaban por el camino que estuviese más aproximado a sus hogares. El niño tomó el camino acostumbrado y al llegar allí ya estaba prácticamente de noche por lo que le tocaría asearse en la obscuridad. Con los nervios corriéndole descontroladamente por todo el cuerpo, comenzó a mojarse el cuerpo con una lata vieja para luego jabonarse antes de volverse a mojar para quitarse el jabón. Se bañó con la urgencia que se merecía el momento, pues en su mente estaba la primera cosa que su abuelo le contó acerca de la bruja, El Pozo y su compadre.

Ya casi terminado el baño, el niño miró hacia atrás para asegurarse de que estaba solo, y su corazón casi se le cayó al suelo cuando pudo divisar la figura de alguien caminando en su dirección desde el segundo camino de llegada al pozo, el cual había olvidado por completo, pues nunca usaba esa ruta. La figura al parecer femenina caminaba lentamente y él solamente podía dividir la bata blanca que en aquellos momentos se dirigía hacia él lentamente. Pensó en la bruja sin cabeza que su abuelo le menciono unos días atrás y el terror se apoderó de él. Se paró de inmediato y sintió ganas de gritar, pero no pudo. Su mente le gritó "corre" pero sus piernas estaban frisadas en el lugar donde estaba parado, y como lo había aprendido de su madre cuando había emergencias sin solución, realizó en su mente la oración más desesperada pidiéndole a Dios su ayuda inmediata. Ya resignado a la idea de ser atrapado por aquella bruja antes de que ésta pudiera caer en la trampa que había preparado por todo el día, el niño cerró los ojos para esperar que la bruja lo convierta en sapo o algo de esa índole. Unos momentos más tarde sintió la presencia de ella directamente en frente de él. De todas maneras, no tuvo el valor de abrir los ojos. Pasaron unos segundos eternos. Luego escuchó la voz de una vecina llamada Margarita, una mujer de tez obscura que vivía unas casas más abajo de la del muchacho.

"¿Niño, que te pasa?" -preguntó ésta con curiosidad.

El niño abrió los ojos para ver de frente aquel rostro conocido y aun con la lengua amarrada por los nervios trató de murmurar una respuesta casi inaudible.

"Uhhh, ahhhh, ohhhh. Naa, naa, nada."

"¿Y por qué estás parado aquí con los ojos cerrados?"

"Ehhhh, essst, es que…"

"¿Es qué qué? ¿Qué te pasa?"

"Es que mi abuelo me dijo que aquí andaba una bruja sin cabeza y…"

"¿Me estás llamando bruja?"

"No, no, eso no es lo que yo…"

"Ahora es que soy tan fea o te doy miedo."

"No es que no te veía la cara desde lejos y parecía que eras la mujer sin cabeza que abuelito me contó."

"Niño, eso son supersticiones de los viejos."

"¿Y tú nunca has visto una?"

"A mí, mi abuelita Candelaria me contó lo mismo."

"¿Y no te da miedo?"

"Cuando tenía tu edad sí, pero ya yo estoy un poco mayor para creer esas cosas."

"¿Y tú nunca has visto la mierda de bruja?"

"Ohh la mierda de brujas, sí, pero eso no es mierda de brujas."

"¿Y qué es?

"Eso lo tienes que ver tú con tus propios ojos."

"¿Y dónde lo busco?"

"En la biblioteca de la escuela."

"¿En qué libro?

"En un libro de ciencia."

"¿En cuál, si hay muchos?

"Pregúntale a la bibliotecaria, ella te dirá cual."

"¿Y tú no puedes decir?"

"Yo no.

"Pero la escuela está cerra hasta agosto."

"Yo sé, pero es mejor tú lo veas a que yo te lo diga."

"Mi abuelo dice que es mierda de bruja."

"Supersticiones, niño, supersticiones."

"Ya no sé qué creer. "

"Ya tú verás, ahora, pues me tengo que bañar y sería mejor que te vayas antes para poder estregarme bien sin que me estén mirando."

"Está bien, me voy que ya está obscuro."

"Vete tranquilo y acuérdate la bibliotecaria tiene la respuesta."

Regresó a su casa con aquella telaraña de pensamientos enredándole el alma. Por un lado, su abuelo le decía que las brujas existían y por el otro, otras personas decían que no. De todas maneras, tenía dudas de quien era el que le decía la verdad. Después de todo nunca había visto a los Reyes Magos que cada seis de enero le dejaban un regalo en la cajita, donde él había puesto pasto la noche anterior. Entonces si los reyes a los que nunca había visto existían, había una posibilidad de que las brujas también existan y nadie le estaba diciendo la verdad. Al llegar la noche se acostó como de costumbre y luego de unos minutos se quedó dormido. A la media noche sintió la respiración de alguien cerca de su cuello y los pelos de todo el cuerpo se le erizaron del miedo. Al abrir los ojos nuevamente la bruja sentada al lado de su cama lo miraba fijamente sin decir una palabra. Trató de gritar y se vio sentado en la cama sudando y la mujer se había desintegrado instantáneamente. Todavía temblando se volvió a recostar en su cama; cuando a su memoria llegó la imagen de su trampa para brujas y la posibilidad de que una de estas merodeaba por el patio buscando el momento oportuno para cagarse en la arena nuevamente, y se habría de encontrar con aquella sorpresa que él le había dejado. Esto le causó una curiosidad que era más grande que el miedo y se decidió a irse a la puerta de su casa a mirar afuera para ver si su trampa para brujas iba a tener éxito aquella noche.

Se paró frente a la puerta y apoyó su cabeza en esta mientras que alineaba sus ojos con la mirilla de la puerta para mirar a la oscuridad afuera de la casa. En esos momentos su corazón latía rápidamente, mientras que en su mente el miedo y la curiosidad debatían los méritos de aquel momento. Una parte le decía que las brujas no existían y la otra le preguntaba: ¿Y si, si existen no quisieras ver una? Aquel debate emocional le causó al niño momentos de dudas y puro terror, pues en algún momento su mente le dijo que la bruja podría darse cuenta de lo que él estaba haciendo y eso podría resultar en un hechizo maligno del que podría resultar ser una víctima. Entonces se asustó tanto que se fue a meter bajo sus sabanas temblando del miedo. Unos minutos más tarde regresó a puerta, pues la curiosidad le volvía a ganar al miedo. Nuevamente frente a la mirilla de la puerta el debate mental y otra vez a la cama. Se pasó así toda la noche hasta que el sueño lo rindió.

Al otro día sintió como unas manos lo tocaban y pegó un grito a la misma vez que su madre lo sacudía para levantarlo.

"¿Qué te pasa no dormiste bien?" -preguntó su madre

"La bruja no llegó." -dijo el niño sin energías.

"¿Qué carajos estás diciendo?"

"Na' mami na'."

"Déjate de estar pensando en esas estupideces que te van a dar pesadillas y no

vas a poder dormir.”

“Está bien.”

“Entonces levántate que tu papá necesita que lo ayudes a mezclar cemento.”

“Ya voy.”

Se levantó, se lavó la boca y se fue directamente a la arena a ver su trampa, la cual estaba allí parada sin que nadie la hubiese tocado. Un momento más tarde llegó a la puerta de la casa de su abuelo, el cual ya lo esperaba con un cacharro de café y un pedazo de pan con mantequilla como todos los días. Se sentó al lado de su abuelito y le comentó lo que había hecho la noche anterior. El anciano lo miró y le dijo que no era así como se cachaba una bruja, pues estas son muy astutas y se daban cuenta de que las estaban mirando. La lógica tenía sentido y el niño se dijo a sí mismo que dejaría su trampa hacer el trabajo sin interrumpir. Luego de desayunar se fue a ayudar a su padre en las faenas del día. Nuevamente llegó la noche y muchas otras más. La trampa para brujas seguía allí aguantando sol y sereno y no había resultados. Pasaron así unas semanas y ya volvía el año escolar. El niño regresó a la escuela y en su primer periodo libre se fue a la biblioteca. Al llegar allí le preguntó a la bibliotecaria acerca de la mierda de brujas. Esta le indicó donde encontrar el libro que su vecina le había indicado.

El niño encontró el libro y buscó en este lo que la bibliotecaria le había indicado. Encontró la información que buscaba bajo el título: *Moho Mucilaginoso, Physarum cinereum, Mucilago crustacea y Fuligo séptica.* Allí bajo aquel título había una foto que parecía lo que el niño reconocía como mierda de brujas y una larga explicación de cómo era que esta sustancia se desarrollaba de manera rápida. El niño se sintió aliviado y a la misma vez defraudado por su abuelo y los miedos que aquella historia le había causado. Al llegar a la casa le mostró a su abuelo el libro y éste dudo de la veracidad del artículo. El niño se fue a su casa y le mostró el libro a su mamá y a su papá. Luego salió de su casa y volvió a mirar su trampa de brujas. Se rio por dentro de sus propias ignorancias y dio por cerrado el caso.

En la noche mientras dormía escuchó un ajetreo al lado de su casa y un grito desgarrador que envió fríos de miedo a todo su cuerpo. No se levantó y se metió debajo de la sabana a temblar hasta que se quedó dormido. En la mañana al levantarse y abrir la puerta para irse a la escuela pudo notar que su trampa para brujas estaba semi-rota y faltaba en ella un calzoncillo.

Al observar esto un susto inmediato le entró al corazón. En su mente el debate entre lo que el libro le decía y lo que su abuelo le contaba volvió a tomar un lugar de importancia. Así se fue a la escuela, y luego regresó a su casa con el conflicto de la confusión que no lo dejaba en paz. Mientras tanto, en la casa de su abuelo, el anciano miraba un calzoncillo viejo en una bolsa de papel que se disponía a quemar más tarde, pues para él ese libro estaba lleno de mentiras que su nieto no debiera de creer. Fue de esta manera que con el pasar de los años el niño ya hecho padre y con su propia familia les contaba a sus hijos aquella historia acerca de la trampa para brujas que había construido, lo que su querido difunto abuelito Ismael le había contado, y lo que había sucedido en la noche que la bruja cayó en su trampa. La realidad y los mitos aún se mezclaban en su mente y para él era mejor no poderse contestar la pregunta: *"¿Qué pasó con su trampa para brujas?"* Aun así, para él eso no importaba, pues su abuelito le contó la historia que ahora repetía sin dudar de que su abuelo no le mentía, a la vez que el libro también le decía verdad. Más, sin embargo, para él era más importante la versión de los hechos que aquel viejito le había contado, pues cada vez que repetía la misma, volvía a recordar aquel mito; pero aún más importante con este volvía a recordar a su abuelito Don Ismael, y de esta manera lo mantendría vivo por siempre...

Autobiografía

Nací en el centro médico de Rio Piedras de San Juan, Puerto Rico en los años setenta, pero soy de un barrio rural de Trujillo Alto. Soy de una familia pobre y por supuesto asistí a las escuelas públicas del pueblo. Mi primera escuela fue la escuela elemental José Julián Acosta (clausurada). Mi segunda escuela La Segunda Unidad Rafael Cordero (clausurada) y mi escuela superior fue la Vocacional Miguel Such. Luego completar esta última me mudé a Nueva York y ahí atendí dos colegios del sistema universitario de CUNY (City University of New York), adonde completé mis estudios universitarios.

Durante mi niñez trabajé en diferentes cosas, como lo fue el recogido de latas de aluminio con mi viejo por todo el barrio y los barrios adyacentes. También aprendí a pescar para vender pescado frito y en ocasiones también vendíamos dulce de coco y otras cosas como alcapurrias y diferentes frituras. Durante algún tiempo en el barrio no había agua potable, lo que nos forzaba a ir a bañarnos a un manantial adyacente a nuestra humilde casa. En los años ochenta, mi papá, mi hermano mayor Félix y yo trabajamos para agrandar la casa que era muy pequeña con las ayudas que proveía el municipio para familias de bajos ingresos, y ahí también aprendí un poco de construcción para defenderme. A través de todos esos años nada era fácil, pero tampoco insuperable, y de los ejemplos de mis padres aprendí a ser lo que soy hoy, un hombre de trabajo. Nunca escuché a mi papá quejarse de la situación; más, sin embargo, hoy como adulto comprendo que se callaba todo lo que le causaba preocupación o dolor con una dignidad que muy pocas personas poseen. Aunque esto fue parte de mi niñez, hoy en día no me avergüenzo ni me quejo de nada, pues de mi viejo aprendí, que la lucha es parte del camino de la vida.

Aunque en el presente tengo un grado universitario, no le doy mucha importancia; pues para mí un papel no te cualifica como buena persona y pienso que, si me encontrase haciendo eso, le estaría faltando el respeto a mis padres y abuelos. Por eso en mi vida siempre he tratado a la gente con el respeto que me tratan a mí, como me lo enseñaron en casa. Eso no quiere decir que no aprecio las oportunidades que mi educación me ha brindado. Por el contrario, vivo eternamente agradecido de todos mis maestros que a través de mi vida educacional me enseñaron todo, y sé que sin su dedicación y empeño yo no hubiese logrado salir de la eterna pobreza en la que nací.

No pretendo ser perfecto y tampoco que otra gente lo sea. En lo personal odio las reglas de etiqueta, especialmente las que me piden comportarme de una manera u otra. Me gusta reírme de todo y eso es algo que aprendí de mi familia por parte de mi papá, no teníamos mucho, pero no andábamos lamentando que otros tuvieran más que nosotros. Mi papá "Felo" siempre fue para mí la persona que más admiraba, pues su tenacidad y determinación ante los retos me enseñaron a vivir con ánimos sin estar mirando hacia atrás tratando de cambiar lo que no se puede. Es por eso por lo que el retrato que incluyo en mis libros es de él, pues sin sus ejemplos de trabajo y lucha, yo no estaría aquí escribiendo historias para honrar su memoria y mantener parte de su historia viva a través de estas letras.

Otros Trabajos del Autor

ESTIMADO LECTOR: SI TE gustó este libro, te invito a compartir tu opinión en las redes sociales.

Escanea el codigo QR para ver otros trabajos del autor

Libros Talanco

Ayúdame a llegar a más personas para que también disfruten de mis historias.